Joseph von Westphalen

HIGH NOON

Ein Western
zur Lage der Nation

Hoffmann und Campe

Die Deutsche Bibliothek – CIP-Einheitsaufnahme

Westphalen, Joseph von:
High Noon: ein Western zur Lage der Nation / Joseph von Westphalen
1. Aufl. – Hamburg: Hoffmann und Campe, 1994
ISBN 3-455-08170-3

Copyright © 1994 by Hoffmann und Campe Verlag, Hamburg
Lektorat: Jutta Siegmund-Schultze
Schutzumschlaggestaltung: Lo Breier / Kai Eichenauer
Gesetzt aus der Bembo-Antiqua Publisher-Ventura
Satz: Utesch Satztechnik GmbH, Hamburg
Druck und Bindung: Offizin Andersen Nexö, Leipzig
Printed in Germany

Inhalt

1	Sie nannten ihn Señor Donde	7
2	Männer, die sich selbst bedienen	13
3	Die Vergeßlichen	22
4	Der Ruf des Häuptlings	32
5	Der Ritt in die Stadt	40
6	Der falsche Mann	47
7	Die Nacht der scharfen Töne	54
8	Der Schuß ins Leere	64
9	Wanted	71
10	Das Lied vom Ende	80
11	Das Wimmern der Kälber	86
12	Der Rat war teuer	98
13	Die keine Achtung haben	105
14	Der Fluch der Versöhnung	113
15	Die Gnadenlosen	119
16	Wenn Frauen keinen Frieden wollen	132
17	Der Zug nach Sugar City	139
18	Mein alter Freund Bob	147
19	Hängt ihn höher	154
20	Der Triumph der Besiegten	163
21	Einer muß es machen	176

1 Sie nannten ihn Señor Donde

Der Tag war heiß gewesen, wie es sich gehört. Heiß, hell und staubig, das sind die Tage nach meinem Geschmack. Wer über die Hitze jammert, soll nicht im Süden leben. In zwei Stunden würde die Sonne untergehen, und es war Zeit, ein Bad zu nehmen. Ein Bad nach einem heißen Tag muß sein. Ich stieg in den Eibenholztrog, den Elena oder Inez vorbereitet hatten. Das lauwarme Wasser tat mir gut, der Badewasserzusatz (kanadische Douglastanne) roch gesund nach ewigem Leben. Wenn ich früher ein Bad im Trog nahm, sorgte ich dafür, daß der Colt auf einem Hocker griffbereit neben mir lag. Überfallen oder verhaftet werden, während man badet, ist eine unangenehme Vorstellung. Bin übrigens, dem Himmel sei Dank, nie in die peinliche Lage gekommen, mich tropfnaß und splitternackt zur Wehr setzen zu müssen. Kenne auch niemanden, den ein solches Schicksal ereilte. Es ist, als ob selbst die brutalsten Sheriffs, die gemeinsten Killerbanden und die verständlicherweise wütendsten Indianer eine Scheu vor dem gänzlich entblößten Opfer hätten. Möglicherweise genießt der Badende eine heimliche Immunität. Der Trog als Zuflucht? Asyl in der Wanne? Aber das nur am Rande.
In einer halben Stunde würden die Gesandten erscheinen, die ich in meinem malerischen Trog zu empfangen gedachte. Ich nannte sie »die Gesandten«. Es waren irgendwelche Heinis von einem mehr oder weniger gemeinnützigen Verein zu Verbesserung der Welt oder zumindest der Lebensbedingungen, die mich zu irgendwelchen guten Ta-

ten gewinnen wollten. Sie hatten sich bei mir telefonisch gemeldet, nicht locker gelassen und rasch meine natürlichen Abwehrkräfte verbraucht. Ich bin derart wohlmeinenden Leuten gegenüber ziemlich wehrlos.
Natürlich habe ich auch ein Badezimmer in meinem Haus mit einer modernen Wanne, die ich normalerweise benutze. Aber man kann keine Menschen im Badezimmer empfangen. Badend aber wollte ich die Gesandten empfangen, das hatte ich mir in den Kopf gesetzt. Eine Schau. Aber Schau gehört zum Geschäft. Man muß sich stilisieren, sonst geht man unter. Statt des Schießeisens hatte ich jetzt das Rasierzeug auf dem Tisch neben mir deponiert. Der Revolver wäre etwas übertrieben. Allerdings legte ich Wert auf ein echtes mörderisches Rasiermesser. Der Mensch ist so beschaffen, daß er Eindruck machen will, auch auf Leute, mit denen er nicht ins Geschäft kommen möchte.
Geschäft? Schon seit einer Weile bin ich nicht mehr im Geschäft. Ich habe mich zurückgezogen, wollte mit meinem verdammten, nervenaufreibenden Handwerk nichts mehr zu tun haben. Eben noch hatte jedes Kind meinen Namen gekannt. In manchen Schulbüchern standen kleine Texte über mich und mein Treiben, kritische Würdigungen. Es hatte Lieder auf mich gegeben. Aber wenn du heute ein paar Jahre aus dem Geschäft bist, hat man dich vergessen. Es ist ein bißchen schmerzhaft, wenn die alten Verdienste spurlos verschwinden. Damit hatte ich nicht gerechnet. Heute müßte ich erklären, wer ich bin, beziehungsweise wer ich war. Peinlich. Es ist nicht so, daß ich erkannt werden will. Ich hatte nicht erwartet, daß die Leute sich anstoßen, wenn ich gelassen über die Marktplätze schreite. »Da geht Joe West, habt ihr gesehen!« Aber für ein bißchen

haltbarer hatte ich den Ruhm schon gehalten. Und wenn ich ehrlich bin, machte sich jetzt in Erwartung der Delegation eine Art kindischer Genugtuung in mir breit. Endlich entsann sich jemand meiner alten Künste und traute mir sogar in dieser Hinsicht noch etwas zu. Ich wollte nicht mehr, aber ich wollte gefragt sein.

Meine große Zeit hatte ich in den 80er Jahren des verdammten alten Jahrhunderts. Da war ich auf der Höhe gewesen. Ich war einer der Besten, der Schnellsten, der Begehrtesten. Solange die Señoras Elena und Inez nicht dabei sind, kann ich das ruhig sagen. Elena und Inez mokieren sich über meine Angeberei, aber es ist die Wahrheit. Marguerita ist nachsichtiger.

Zu den Frauen komme ich noch. Erst will ich versuchen, meinen damaligen Job zu beschreiben. Es fällt mir nicht leicht. Früher beschrieben mich andere. Wenn dich keiner mehr kennt, mußt du es selbst tun. Ein Elend ist das. Ich habe gewissen Leuten eingeheizt, früher. Ich habe ihnen die Hölle heiß gemacht. Ich habe herumgeballert, daß es ein Vergnügen war. Meine Opfer hatten die Strafe verdient. Neben einigen Industrieganoven war es vor allem diese lumpige Politbande. Der Kanzler und sein Gesocks, die in dieser Zeit das Sagen hatten, waren vor allem meine Opfer. Man wollte damals diese unglaublich resistenten Mitglieder der sogenannten Regierung wackeln und zittern sehen. Zu Fall waren sie kaum zu bringen. Schießbudenfiguren sind strapazierfähig. Aber sie zogen immerhin die Köpfe ein, wenn es knallte, sie schäumten und stotterten und japsten vor Ohnmacht und Verärgerung. Auch wenn sie versuchten, es sich nicht anmerken zu lassen: Sie hatten Angst, von mir gestellt zu werden. Ich habe von einigen

Exemplaren gehört, die nachts weinten, wenn ihnen tagsüber meine Kugeln um die Ohren pfiffen. Schöne Zeiten. Das Volk johlte und klatschte, wenn die Drecksbande dran war, von mir gepeinigt zu werden. Meine Kugeln jagten ihnen weniger Schrecken ein. Das Gelächter der Menge war es, was sie fürchteten. Indem ich sie aufs Korn nahm, machte ich sie lächerlich. Dabei wären sie so gerne ernst genommen worden. Mein Colt sprach eine klare Sprache. Meine schwirrenden Messer nicht weniger. Meine Waffen waren berühmt. Was den Gebrauch der Waffen betrifft, habe ich mich übrigens daran gewöhnt, in Metaphern zu sprechen. Doc Rosengarden, mein Anwalt, hat mir dazu geraten. Keine Geständnisse. Erklärungen so blumig wie möglich. Sonst nageln sie dich fest. Wenn du Gewalt anwendest, werden die Gerichte zimperlich. Noch sind meine Taten nicht alle verjährt, und ich habe keine Lust, wegen der alten Kamellen noch einmal gesucht oder gar gefunden und vorgeladen zu werden. Ich hatte genug Scherereien früher.
Schnell mußte ich sein und präzise treffen – das heißt präzise daneben. Den Ochsen an der Macht das Blei direkt vor die Füße pfeffern, daß der Dreck spritzte, oder die Ohrmuscheln am Rand schrammen, das machte sie nervös. Und dann nichts wie weg. Das war die Volksbelustigung damals. Ein Ausläufer der außerparlamentarischen Opposition sozusagen. Die Rache des kleinen Mannes an den großen Rindviechern. Muß auch sein. Der kleine Mann hat ein Recht auf Rache. Das Recht auf Rache gehört in halbwegs ausgereiften Demokratien mittlerweile zur unantastbaren Menschenwürde des geplagten Bürgers. Wenn auch nicht im Gesetz verankert, hat es damals genug

Richter gegeben, die mich freisprachen. Ich war ein Handlanger eines weit verbreiteten, heimlichen Vergeltungsbedürfnisses.

Sie nannten mich Joe West, damals in den 8oer Jahren, die angeblich wild waren. Ich denke, man verklärt die Zeit bereits. Mir ging es gut. Die Leute hatten die Nase voll von den Ärschen, die man etwas stereotyp »Machthaber« nannte. Ich bediente das klassische Bedürfnis des Bürgers nach Empörung. Mir ist das erst aufgefallen, nachdem ich mich zur Ruhe gesetzt hatte. Der klassische Bürger ist sich zu fein, oder er ist nur zu faul, seine Unzufriedenheit selbst zu artikulieren, also hält er sich jemanden, der statt seiner krakelt und sich nichts gefallen läßt. Ein Rauhbein. So einer war ich. In Ordnung. Es gibt nichts zu bereuen. Arbeitsteilung ist das. Einer muß es machen. Joe West räumt auf. Es gab Reime: »Hallo Joe West / gib ihm den Rest!« Oder, wenn es vollbracht war: »Das war Joe West / at his best.« Ich konnte diese Zurufe nicht ausstehen. Ich bin kein Fußballer. Den Namen Joe West mochte ich nie. Den Ausdruck »Aufräumen« auch nicht. Ich bin mehr für das Chaos. Aber das sagt man auch nur so, weil es gut klingt. Man macht sich über Leute lustig, die so einen Blödsinn sagen wie »Ordnung muß sein!« Natürlich muß Ordnung sein. Nur: Manche Wahrheit wird falsch, wenn man sie ausspricht.

Ihr seht schon, ich bin jetzt in dem Alter, in dem man nachdenklich wird. Am Ende der 8oer Jahre hatte ich es langsam satt, unentwegt herumzupatrouillieren, auf der Lauer zu liegen, den Politidioten mit meinem lichtstarken Fernglas beim Schmatzen zuzusehen, und es ihnen dafür bei der nächstbesten Gelegenheit heimzuzahlen. Man muß so verdammt schnell und wachsam sein. Es ist ein anstren-

gender Job. Eine Art Hochleistungssport. Nach einem Jahrzehnt ist Schluß damit, fand ich. Sollen die Jüngeren ran. Auch war mir das Publikum nicht mehr dankbar genug. Ich wollte rechtzeitig abtreten, ehe meine Zeit um war. Bloß nicht als tattriger Kunstschütze im Zirkus landen wie mancher meiner Kollegen.
Es war das Ende des großen Krieges, den sie den »Kalten« nannten. Staaten lösten sich auf und verbanden sich, es ging drunter und drüber. In diesen Wirren haute ich noch ein paar Mal vernehmlich auf den Putz, um mir einen wirkungsvollen Abgang zu verschaffen und bei meinen Freunden in angenehmer Erinnerung zu bleiben. Wie schon gesagt: nicht nur eine ziemlich eitle, sondern vor allem eine naive Idee. Ich knallte unter dem Beifall seiner Feinde dem feisten Kanzler noch ein paar um die Ohren, und weil ich Fahnen hasse, sorgte ich dafür, daß etliche dieser verdammten Fetzen effektvoll besudelt wurden. Man entblödete sich nicht, mich daraufhin steckbrieflich zu verfolgen. Das nahm ich zum Anlaß, mich mit falschen Papieren in den Süden abzusetzen. Ich wollte meine Ruhe und also einen neuen Namen. Ich färbte meine Haare schwarz und nannte mich Señor Oeste, das spanische Wort für Westen. Keiner nennt mich so. Weil man nicht weiß, wo ich wohne, und weil ich immer noch wissen will, wo die krummen Touren passieren, von denen ich höre, nennt man mich Señor Donde. Wo. Seltsamer Name für einen ehemaligen Revolvermann. Etwas zu weich. Immerhin besser als der widerwärtige Yankeename, den ich vorher trug.
Jetzt hörte ich es draußen vor der Mauer rumoren. Das mußten die Gesandten sein. Sie suchten nach der Klingel.

2 Männer, die sich selbst bedienen

Das Gespräch mit den Gesandten verlief ohne Ergebnis. Nach dem Austausch von Höflichkeiten warfen sie mir den Rückzug ins Private vor. Das könne man sich heute nicht mehr leisten. Auch wenn ihre Mahnung neckisch klingen sollte, war sie mir erstens zu abgedroschen und zweitens zu pastörlich. »Wir sind doch nicht im fernen China«, sagte ich. Im fernen China wurde der faule Einzelchinese ständig aufgefordert, das faule Chinesenschwein in sich zu überwinden und seine Kräfte zum Wohl der Gemeinschaft einzusetzen. Ich hasse Appelle. Sie bewirken bei mir sofort das Gegenteil. Das Leben im Wilden Westen war anstrengend genug, aber es hatte gegenüber China im fernen Osten wenigstens den Vorteil, daß man egoistisch sein konnte. Ich seifte mir mit dem Waschlappen genüßlich die Schultern ein und spritzte dabei so großzügig herum, daß die zwei Gesandten Wasserflecken auf ihre schicken Sommerseidenhemden abkriegten. Auch so ein Märchen, daß Seidenhemden bei Hitze kühlen sollen. Die Leute glauben jeden Unsinn. Jede Mode machen die Affen mit. »Für den Staat rühre ich keinen Finger«, sagte ich.

Die Gesandten erschraken bei diesen Worten, als hätte ich eine Vorliebe für Sex mit Kindern gestanden, eine Abart, von der zur Zeit dauernd die Rede ist und deren Ursachen und Reize mir im Gegensatz zu manchen anderen Perversionen völlig schleierhaft sind. Der eine, der wie ein protestantischer Pfadfinder aussah, sicher schon Mitte vierzig, aber jünger wirkend mit seinen dichten braunen Kräusellocken, verlor bereits die Geduld und forderte seinen Kompagnon mit einem Rippenstoß wortlos zum Gehen auf. An sich beneidenswert unproblematische Haare, dachte ich. Aber irgendwie machten einen solche Haare auch zum ewig unausgewachsenen Greenhorn. Es waren diese altmodischen, kurzen Wellen, eine Frisur, die so echt ist, daß sie wie künstlich gemacht aussieht. Kahler werdend, wie es mein Schicksal war, starrte ich auf den phänomenalen Kastanienschopf, und es wurde mir klar, daß es mit üppigen Haaren allein auch nicht getan ist.

Auf meine Weigerung, dem Staat, dem Volk, der Gemeinschaft oder was weiß ich wem zu dienen, zu helfen oder was weiß ich was angedeihen zu lassen, reagierte der jüngere der beiden Gesandten, der mit seinen schütteren, verschwitzten Spaghettihaaren älter aussah, nachdem er sorgenvoll die Wasserflecken auf seinem auberginefarbenen Seidenhemd betrachtet hatte, als sei es Bratensoße. Er murmelte vor sich hin, daß er prinzipiell Verständnis für meine Verweigerungshaltung habe, sicherlich, andererseits seien die fetten Jahre vorbei, jetzt sei jeder gefordert. Und diesem flachen Sermon setzte er die Krone auf mit dem Satz: »Die Demokratie ist kein Selbstbedienungsladen!«

Das hätte er nicht sagen sollen. Das andere war schon fürchterlich genug, aber das ging zu weit. Das mit dem Selbstbedienungsladen sagte er, als habe er soeben dieses Gleichnis erfunden. Dabei stand der Blödsinn seit Monaten in allen konservativen Zeitungen. Ich lebe zwar im Süden, aber nicht hinter dem Mond. Noch weiß ich, was gefaselt wird.

Da ich meinen Körper noch immer sehen lassen kann, erhob ich mich mit einem Satz zornig aus dem Wasser.

Großes Spritzen. Auf den Seidenhemden der Gesandten neue Riesenwasserflecke. Ich war wütend: »Was haben Sie gegen Selbstbedienungsläden«, sagte ich, »im übrigen vielen Dank für das Stichwort. Der Selbstbedienungsladen ist eine wichtige Errungenschaft der Neuzeit. Kommen Sie mir bloß nicht mit Tante-Emma-Laden-Nostalgie. Der große Vorteil der Demokratie besteht doch gerade darin, daß sie ein Selbstbedienungsladen ist.«

Jetzt sagte der Pfadfinder mit der Naturdauerwelle etwas, was nicht dumm war, nämlich: »Einverstanden, aber wir müssen etwas tun, damit die Selbstbedienungsläden erhalten bleiben.«

Wenn das eine hübsche Frau gesagt hätte, ich hätte gelacht und nachgegeben. So aber konnte ich den Einwand nicht stehenlassen: Mir sei noch nicht aufgefallen, daß Selbstbedienungsläden zu den bedrohten Arten zählten. Wenn es so weit wäre, ließe ich mit mir reden. »Jedenfalls muß die Selbstbedienungsmentalität nicht abgebaut, sondern gefördert werden«, sagte ich.

Das klang etwas hanebüchen, aber ich mußte da jetzt durch, und ganz falsch war es ja auch nicht. Jahrzehntelang wollten die Politärsche den konsumgeilen Bürgerkunden oder Kundenbürger. Damit die Wirtschaft in Schwung gehalten wird, sollte der einkaufen, was das Zeug hält und die Werbung verspricht, und sich ansonsten politisch zurückhalten. Und jetzt, mit einem Mal, gefällt das alte Idealmodell nicht mehr. Sie hatten sich den gesunden Egoisten herangezogen, vor dem bekamen sie plötzlich Angst. Jetzt krähten alle nach vollem Einsatz. Mach mit! Lebendige Demokratie! Pack an! Aber der Bürger ist verwöhnt. Warum soll er sich kümmern um jeden Scheiß. Er unterstützt

das System hinreichend, indem er einkauft und bezahlt, findet er. Mehr Unterstützung ist nicht drin. Ein Supermarkt ist schließlich kein privater Kindergarten, in dem verantwortungsbewußte Eltern vielleicht ab und zu etwas aushelfen müssen, und auch das nur stöhnend. Wenn die Politiker sich ans Volk wenden und sagen würden: Der Staat ist ein von uns schlecht geführter Kindergarten, bitte helft ein bißchen mit, damit der Laden nicht zusammenbricht, wir haben versagt, wir vollmundigen Idioten – dann, bei so viel Einsicht, könnten wir eventuell etwas Einsatz in Aussicht stellen. Aber man kann sich nicht aufblasen und auch noch Achtung und Engagement erwarten und das Ende der Selbstbedienungszeit verkünden. Dafür gibt es kein Mitmachen und kein Anpacken, sondern einen Arschtritt und sonst gar nichts. Es lebe der Supermarkt!
So ähnlich sprach ich, nackt und naß und in gewisser Weise erregt, und die Gesandten hatten die Wasserflecken auf ihren Seidenhemden vergessen. Sie sahen mich nicht ohne Ehrfurcht an, und die Dauerwelle sagte zum Spaghettihaar, so, als sei ich nicht anwesend: »Sehen Sie, er ist noch voll Power.« Genau das, sagten die Gesandten, sei der Beitrag, den ich leisten solle. Etwas anderes habe man gar nicht erwartet. Deswegen sei man hier. Man wolle mich gewissermaßen dafür gewinnen, den selbstgefälligen Politikern in den – Verzeihung, ja – Arsch zu treten. Eben dazu seien die normalen Supermarktkunden nicht mehr in der Lage. »Es geht auch ohne Tritt«, sagte ich. Das Gejaule der Getretenen sorgt zwar für Erheiterung des verehrten Publikums. Die Nichteinmischung aber hat auch etwas für sich und entspricht mehr meiner derzeitigen Vorstellung von Staat und Gesellschaft. Der Supermarkt wird von Profis

geschmissen, die man nicht kennt und gar nicht kennenlernen will. Kein Supermarktgeschäftsführer wird von König Kunde Aufmerksamkeit für sich und seine Tätigkeit erwarten. Nur die Polittrottel sind noch immer so naiv und betteln um Interesse und Wahlbeteiligung. Im Supermarkt zählt das Angebot der Waren. Wenn es nichts taugt oder wenn der Laden pleite macht, geht man zur Konkurrenz. Keinesfalls will der Kunde mit den Problemen des Großhandels behelligt werden. Es interessieren ihn allenfalls die Mädchen an der Kasse, die süßen Italienerinnen und Türkinnen. Mich, Señor Donde, der ich als stolzer Spanier daherkomme und dahingehe, machen vor allem die spanischen Señoritas ganz verrückt. Die Bosse sind mir egal. Von ihnen könnten die Regierungschefs und ihre schmierigen Adlaten lernen, daß man auch ohne pausenlose öffentliche Beachtung ganz gut leben kann.

Ich war in Fahrt geraten. Die Gesandten kamen vorläufig nicht mehr zu Wort. Die Dauerwelle schaute bereits deutlich auf ihre Armbanduhr. Ich hatte keine Lust, jetzt meine Rede anzuhalten und fuhr fort: Der Staat als Supermarkt ist das Ideal. Das hätte Plato heute auch so gesehen, this fucking gay guy from good old Greece, wie die nichtsnutzigen Studenten im Mittelwesten sagen. Wer an der Spitze steht, wäre dann einerlei, Hauptsache, der Laden floriert, und das tut er heutzutage nur noch, wenn das Profitstreben mit einem Minimum an Moral gekoppelt ist – also keine Eier von depressiven Hühnern, keine Steaks von schizophrenen Rindern, sonst wendet sich der heikle Kunde ab und kauft bei der Konkurrenz. Im idealen Staat wissen 80 Prozent der Bürger gar nicht mehr, wer ihn regiert beziehungsweise verwaltet. Wahlbeteiligung unter 5 Prozent. Nur einige Geschaftelhuber können es noch immer nicht lassen und schreiten nach wie vor zur Urne. Keine Wahlkämpfe mehr. Hunderte von Millionen werden allein durch den Wegfall der Wahlkampfkosten eingespart. Und man wird nicht mehr von diesen hinterfotzigen und witzlosen Plakaten behelligt.

Beide Gesandten hatten im nicht mehr zu bremsenden Lauf meiner feurigen Rede immer bedenklichere Gesichter gemacht. Ich stand nach wie vor im Trog und setzte mich nun wieder ins Badewasser, das unangenehm kühl geworden war. Je älter ich werde, desto wärmer soll das Wasser sein. Die Gesandten nutzten die Unterbrechung und hielten mir vor, ich predige genau jene Staatsverdrossenheit, die sie doch bekämpfen wollen. Ich sagte ihnen, daß ich das Gejammer über die Staatsverdrossenheit nicht mehr hören könne.

Sie hatten nichts kapiert. Die Staats- und Polit- und Parteienverdrossenheit war endlich ein Zeichen der Vernunft. Kein normaler Mensch interessiert sich freiwillig für die Schwachköpfe, die einen Staat regieren. Wer sich darum reißt zu regieren, muß eine Schraube locker haben. Das Interesse für Politik hat der Staat seinen Bürgern eingeredet – zunächst erfolgreich. Jetzt aber fällt das Interesse ab, und es wird augenscheinlich, wie künstlich aufgepfropft es war. Natürlich wollen Politiker beachtet werden. Jeder will beachtet werden. Jeder zetert, wenn ihm Beachtung entzogen wird. Als nächstes sind die Fußballer dran. Ich freue mich schon drauf, wenn die zu Helden hochgepuschten Proleten von heute morgen wie die Primeln eingehen.

Meine etwas groteske, aber gar nicht so dumme Argumentation verschreckte die Gesandten, aber wenn ich in Rage geriet, waren sie wieder ganz scharf auf mich und wollten meine begehrte »Power« für ihre Zwecke ausnützen. Ich erinnerte die beiden Gentlemen aus der Hauptstadt daran, daß ich früher genug für die gottverdammte Allgemeinheit getan hätte. Jetzt ist Schluß! Jetzt seien andere dran, die Jüngeren. Darauf mußten sie natürlich sagen, daß die Jüngeren sämtlich schlaffe Säcke seien, die hoffnungsvollsten nicht halb so gut wie ich damals und so weiter. Obwohl ich solches Gerede nicht ausstehen kann, hörte ich es leider gern und mußte mich bemühen, nicht wohlgefällig zu den reaktionären Altherrenfloskeln zu lächeln.

Ich fragte, warum die kümmerliche Abordnung hier nur aus zwei Männern bestünde, wo zum Teufel denn die Quotenfrau bliebe! Wenn überhaupt würde ich nur aktiv, wenn mich Frauen überredeten. Männern traute ich nicht über den Weg. Ich war in Schwung, gab nicht acht, und schon gingen mir noch ein paar Dummheiten über die Lippen: Kriege würden von Männern gemacht, Männer seien Schlächter und Vergewaltiger und was weiß ich alles. Die Gesandten nickten sofort so penetrant solidarisch zu meinen überflüssigen Bemerkungen, daß ich die Binsenweisheiten sofort bereute und mich fragte, ob nicht Frauen insgeheim Kriege anzetteln. Cherchez la femme – so ein alter Spruch kann nicht ganz ohne sein. Philofeminismus unter Männern ist auch nicht viel leichter auszuhalten als die klassische Frauenfeindlichkeit.

Glücklicherweise erschien im richtigen Augenblick Marguerita mit einem Eimer. Das war abgesprochen. Das gehört zum Selbststilisierungsprogramm eines Señors. Sie goß heißes Wasser in meinen ungemütlich gewordenen Trog nach und lächelte dabei so männerfreundlich, daß mein frauenfreundliches Geschwätz von soeben gegenstandslos wurde.

Von den Frauen berichte ich später. Hier nur so viel: Es geht jetzt besser. Früher mochten sich die Señoras nicht. Elena konnte Inez nicht ausstehen. Inez ertrug Marguerita nicht. Das ist besser geworden. Manches wird besser im Lauf der Zeit. Überhaupt ist alles halb so schlimm, wie die Gesandten einen glauben machen wollen.

Nach einer dreiviertel Stunde entstieg ich dem Badetrog. Die Gesandten konnten heute nicht mehr in ihre Hauptstadt zurückkehren. Sie dachten wahrscheinlich an ihren Spesenspielraum, wurden plötzlich kumpelhaft und luden mich zum Abendessen ein. »Hier unten im Süden kann man doch sicher wunderbar mexikanisch futtern«, meinten sie. »Nicht ohne meine Frauen«, sagte ich.

Beim Essen redeten sie mir unbeirrt zu, mich doch noch einmal aufzuraffen, sozusagen ein letztes Mal heroisch das Pferd zu satteln, und es den impertinenten Machthabern und ihren lauen Kritikern noch einmal zu zeigen. Die Eloge auf die Politikverdrossenheit, die ich im Trog gehalten hatte, war bereits vergessen. Inez und Elena stimmten den Gesandten zu, was mich mißtrauisch machte. Marguerita wußte, was sich gehörte, und schenkte mir jenen schmachtenden Don't-Take-Your-Guns-To-Town-Blick, der Männer davon abhalten soll, sich in der feindlichen Welt eine Kugel ins Herz schießen zu lassen. Marlon Brando in »Viva Zapata« bekommt so einen glühenden Blick geschenkt. Stur wie er ist, reitet er trotzdem los und kommt um. Als ich den Film damals sah, habe ich mir geschworen, die Blicke der Frauen gut zu beachten.

Trotzdem war ich beim Nachtisch schon fast so weit, meine Mithilfe in Aussicht zu stellen. »Was haben Sie sich denn so vorgestellt?« fragte ich. Die Gesandten verstanden nicht. Ich meinte natürlich das Honorar. »Wieviel bin ich Ihnen wert?« Sie fielen aus allen Wolken. »Ja, glauben Sie denn«, sagte ich, »ich mache das umsonst?«

3 Die Vergeßlichen

Hier muß ich eine Abschweifung anbringen. Es ist mir wichtig. Was einem wichtig ist, muß man leider immer wieder sagen. Das ist nicht erst heute so. Es war schon gestern so. Zu meiner Zeit. Vorgestern allerdings war es noch nicht so. Ich sage nur: »Informationsschwemme!« Die trampelt mehr nieder als damals eine in Panik geratene Büffelherde, die macht einen ohnmächtiger als ein Heuschreckenschwarm. Ein Haufen rachsüchtiger Mohikaner mit Kriegsbemalung ist harmlos gegen die Informationsschwemme.

Die Informationsschwemme ist einer der Gründe, warum so viele Figuren noch immer auf ihren Posten sitzen, obwohl sie sich maßlos danebenbenommen haben. Sie haben nicht nur gelogen und Steuern hinterzogen, das tun wir alle, geschenkt. Ich kreide ihnen nicht einmal ihre Fehleinschätzungen ein und die falschen Entscheidungen, die sie treffen. Ich erwarte keine Unfehlbarkeit. Wie oft habe ich mich falsch entschieden! Wenn ich an Donna Rosora denke! Was für eine überflüssige Nacht. Ich kreide den Politikern allerdings den Blödsinn an, den sie unbelehrbar daherreden. Nur ein harmloses Beispiel: »Langfristig streben wir eine internationale Regelung an«, sagt so ein Minister gemütlich, wenn es brennt. Wenn ein Horde weißer Männer in den Reservaten Feuer gelegt hat, läßt man sie laufen, und die traurigen Gestalten, die an der Macht kleben, versuchen bedenkliche Gesichter zu machen. Das soll nicht mehr vorkommen, sagen sie, das macht keinen guten Eindruck im

Ausland. Während Gäste aus anderen Ländern von Kretins durch die Straßen getrieben werden, machen sich die Politärsche Gedanken über den guten Ruf der Nation. Während Menschen und Häuser in Flammen stehen, werden Überlegungen angestellt, wie man es hinbiegen kann, daß weniger von diesen unruhestiftenden farbigen Menschen in unseren friedlichen Ländern Zuflucht suchen.

Ach, ich hasse es, darüber zu reden. Das Thema ist so durchgekaut. Es ist ein einziges Kopfschütteln. Ich hasse alle Politiker, die mich zum Wiederkäuen und Kopfschütteln zwingen, weil ich das Kopfschütteln und das Wiederkäuen hasse. Sie zwingen einen mit ihrer impertinenten Politik, das zu tun, was man nicht ausstehen kann: den Zeigefinger zu heben und wie ein guter Mensch daherzureden. Egal, ob sie wieder was verbrochen haben oder nicht. Es wird mir schon übel, wenn mir nur die Gattungsbezeichnung zu Ohren und unvermeidlicherweise manchmal auch über die Lippen kommt: »Die Politiker!«

»Die Politiker haben alle Dreck am Stecken!« – Bravo! – »Die Politiker verschleudern unsere Steuergelder!« - Buh! So ist es! Weiterreden! Bravo! – »Die Politiker lügen wie gedruckt, das muß einmal ganz klar gesagt werden!« – Sehr richtig! Bravo! Endlich sagt das mal einer in aller Klarheit! – »Die Politiker haben nur ihre eigene Karriere im Sinn, sie halten ihre Wahlversprechen nicht!« – Bravo! Bravo! Bravo! – Ich kann das alles nicht mehr hören, ich kann es nicht mehr sagen. Sie sind so mies, sie haben es fertiggebracht, ihre Kritiker auf ihr Niveau herabzuziehen. »Politik ist eine zu ernste Sache, um sie den Politikern zu überlassen.« – Bravo! Bravo! Auf ein Plakat den tollen Spruch und tausendfach an die Litfaßsäulen!

Auch die Aufrufe zum Engagement gegen die Politiker gehen einem auf die Nerven. Ich werde sie umtaufen oder die Bezeichnung wenigstens abkürzen, damit ist auch schon geholfen. Es gibt bekanntlich keine Proletarier mehr, wohl aber Proleten. Das sind leider keine pfiffigen Schirmmützenträger mehr, mit den Händen herausfordernd tief in den Hosentaschen, sondern Fußballgröler, Schläger und Möchtegernschläger, Angeber und Schikanierer – eine Minderheit, die nicht unbedingt schutzbedürftig ist. Diese Leute werden in den großen Städten »Prols« genannt. In Anlehnung an diese Abkürzung werde ich ab sofort die ausgelaugte Bezeichnung »die Politiker«, wo es geht, vermeiden und möglichst nur noch von den »Pols« sprechen. Daß die Proleten in der Abkürzung mitklingen, ist mir recht. »Pols« nenne ich fortan die Politiker, die ich nicht ausstehen kann, das sind ungefähr 96 Prozent. Die für mich tolerierbaren haben die Fünf-Prozent-Hürde noch nicht übersprungen.

Die Dreckspols können einen zu etwas ganz gräßlichem machen: zu einem zeternden Moralapostel. Weil man der aber nicht sein will, verständlicherweise, kommt man mit der besagten Verdrossenheit daher. Man will nicht mehr sehen und hören, was die Trottel von Pols alles versieben. Man will sich nicht dauernd entrüsten. Entrüstung ist anstrengend. Entrüstung will gelernt sein. Deshalb resigniert man allmählich lieber. So viele dumme Schnauzen kann keiner polieren.

Wo war ich? Bei den Ausländern, über die man nicht mehr reden kann, ohne zu einer Trompete zu werden, die pflichtschuldigst und in heller moralischer Empörung die reaktionäre Taktik der Proletenpolitiker beziehungsweise

Pols anprangert. Die Existenz der Ausländer nämlich ist nach kaum verhohlener Ansicht vieler Pols schuld am Rechtsruck unserer ehrenwerten Gesellschaft, so wie die Alleebäume bekanntlich schuld daran sind, wenn sich besoffene Jungmänner an ihnen ausradieren. Alleebäume raus. Ausländer abholzen. Oder besser: Ausländer nur als Schnittblumen dulden. Kein Pflanzrecht für Ausländer auf Inländerboden.
Das Durcheinanderbringen der Zusammenhänge hat ein Ausmaß angenommen, das einen kraftlos macht. Es ist zu viel des Schlechten – was heißt des Schlechten, das ist mir ein zu biblischer Genitiv, wenn die Pols schlecht wären, könnte man ihnen eher den Garaus machen und sie zum Teufel jagen. Sie sind bekotzt, mehr nicht. Es ist zu viel des Bekotzten. Auch deswegen habe ich mich zurückgezogen. Nicht, weil meine Waffen stumpf geworden wären, wie mir intrigante Neider schon zuraunten, sondern, weil sich bei den Pols in wenigen Jahren eine Mischung aus Dickfelligkeit und Frechheit entwickelt hat, gegen die mit meinen durchaus noch funktionierenden Waffen weniger denn je auszurichten ist. Man kann die Pols vermutlich nur noch mit ihren eigenen Waffen schlagen, mit verdrehten Keulenargumenten: Der rechte weiße Mann gerät in Rage, weil zu viele Rothäute in den Reservaten hausen, die ihm angeblich alles wegfressen. Also müssen diese primitiven Stämme verschwinden – ganz einfach. Damit der grundgute weiße Mann sich nicht mehr ärgern muß. Und damit wir uns nicht mehr moralisch entrüsten und pausenlos mit dem Kopf schütteln müssen, haben die mistigen Pols zu verschwinden. Súbito! Ich nenne keine Namen, ich habe das lange ge-

nug getan. Verpißt euch, Gesocks. Verpiß dich, Kanzler, mit deiner Brut.

Ich habe immer gesagt: Dieser Mann ist eine Wucherung, ein Geschwür, vermutlich nicht bösartig, kein Verhängnis, aber, wie alle Geschwüre, nicht schön anzusehen und mit der Anlage, Tochtergeschwüre auszubilden, wenn es nicht rechtzeitig entfernt wird. Ich hatte ihn lange genug im Visier damals. Ich hätte ihn erledigen können. Aber immer wurde ich im entscheidenden Moment von meinen Auftraggebern gebeten, noch ein bißchen zu warten. Ein Geschwür muß reif sein, wenn man es entfernt, sagten die sachverständigen Chirurgen. Als es dann so weit war, als das Geschwür reifer nicht mehr werden konnte, hieß es plötzlich: Der Mann ist wahrhaftig eine hundsgemeine Pestbeule, ein ordinäres Trampeltier, aber ihn ständig zu traktieren sei aus der Mode gekommen und irgendwie auch ordinär. Man könne sich nicht mit jedermann gemein machen. Wieder später kam die Losung auf: Noch etwas abwarten mit dem Feuern, der Mann sei zwar ein Idiot, aber ein nützlicher.

Und so kam es, daß keiner wirklich etwas gegen ihn unternahm. Wir haben alle immer nur gezögert und geredet, und er hat in Ruhe seine Tochtergeschwüre gebildet. Manche Ableger ähneln phänotypisch dem Muttergeschwür (der Verteidigungsminister zum Beispiel), andere wieder, vor allem die in unmittelbarer Nähe des strotzenden Muttergeschwürs, sind wesentlich mickriger, aber die Zellkerne haben die gleiche aggressive Struktur (Parteisekretär, Kanzleramtsminister). Richtig resistent ist diese Kultur im Lauf der Jahre geworden. Sie schützt sich durch Verhornung. Wenn ich an das Rhinozeros und seine Herde denke,

erwacht doch tatsächlich manchmal noch das alte Jagdfieber in mir, und ich höre von fern die Zurufe meines alten Publikums: Los, mach ihn alle! Leg das Monster aufs Kreuz! Ich will nicht mehr. Es ist nicht mehr mein Thema. Die Tage dieser Krankheit sind ohnehin gezählt. Der Typus hat sich überlebt. Ich glaube nicht, daß er in die Geschichtsbücher eingeht. Eher in die medizinische Fachliteratur. Als Beispiel dafür, wie eine Mißbildung erstaunlich lange vom Körper toleriert wird, indem sie ignoriert und integriert und absorbiert wird. Rein entwicklungsgeschichtlich nur eine kurze Phase, ein kleiner Furz.
Um sein Aus- und Absterben zu verzögern, macht das Geschwür einen eigenartigen Überlebensversuch. Hier muß ich die hinkende Metapher verlassen und in die Wirklichkeit zurückkehren. Verhornt, wie er ist, wähnt sich der Knödelkanzler unverwundbar, läßt die Selbstbeschönigung neuerdings sein und räumt mit vollen Backen ein, nicht immer alles richtig gemacht zu haben. Alter Trick des bedrohten Immunsystems, die Attacken der Feinde abzufangen, indem man sie zur Selbstkritik ummünzt. Je konservativer die Pols sind, desto dreister bedienen sie sich dieser Abwehrmethode.
In den Talk-Show-Studios, in denen mittlerweile mehr Politik gemacht wird als in den Regierungsgebäuden, treten bereits Personen auf, die auf die erbosten und nachweisbaren Vorhaltungen ihrer Kritiker, blind und faul gewesen zu sein, Vetternwirtschaft und Korruption geduldet und betrieben und die Öffentlichkeit belogen zu haben, gutgelaunt in etwa folgende Bekenntnisse zum besten geben: Klar haben wir Fehler gemacht, klar werden wir weiter Fehler machen, Fehler machen gehört zum Leben, können

Sie mir jemand zeigen, der keine Fehler macht? Der Herr da drüben, der mir das vorwirft, sieht vielleicht aus, als machte er keine Fehler, aber so möchte ich nicht aussehen! So ähnlich sprach ein in die Enge getriebener Finanzminister aus den Südstaaten und zog seinen Hals mit diesen Worten tatsächlich vorläufig aus der Schlinge. Egal, ob man sie als wuchernde oder verhornte Geschwüre, als Nashörner, Nilpferde oder andere Dickhäuter, als Saurier, Schuppenechsen oder sonstige überlebte Viecher, als altbackene Semmel- oder Kartoffelknödel empfindet –, mit dieser Methode des hinterfotzigen Scheinzugeständnisses werden die Pols ihr fälliges Aussterben möglicherweise noch etwas herauszögern. Wenn es so weitergeht, wird sich der Kanzler bei seiner Neujahrsansprache vor die Fernsehkameras stellen und sagen: Ich bin ein unangenehmes, unansehnliches und machtgeiles Durchsetzungstier, ich mache dauernd Fehler, rede dummes Zeug und verspreche hier und heute, im nächsten Jahr weniger Fehler machen zu wollen. – Was dann?
Frechheit und Dickfelligkeit haben ein Ausmaß angenommen, das einen lustlos machen kann. Mich jedenfalls. Früher habe ich die Politiker für ihre Unverschämtheiten mit meinen Kugeln und Messern traktiert, sie haben auch mal einen Schwinger in den Magen bekommen und gelegentlich einen Barhocker auf den Schädel, sozusagen. Mein außerparlamentarischer Strafkatalog ist erschöpft. Mit meinen Mitteln komme ich diesen Typen nicht mehr bei. Die alten Waffen sind wirkungslos geworden. Auch das übrigens ein Grund für meinen Rückzug ins Private. Hau rein! Schön war's.
Ich habe mich völlig verzettelt. Was rede ich von alten

Zeiten! Ich will keinesfalls ins Schwärmen geraten. So schön war es auch wieder nicht. Im übrigen hatte ich eine andere Abschweifung im Sinn, zu der ich endlich kommen muß. Die Resistenz der geschwürartigen und verhornten Pols ist auch kein Thema für eine Abschweifung, sondern ein zentraler Forschungsgegenstand. Und schon wieder habe ich vergessen, was ich sagen wollte. Der viele Mist, der passiert, die vielen Informationen machen einen vergeßlich. Richtig: »Informationsschwemme« war das Stichwort. Die Informationsschwemme macht vergeßlich, und die Vergeßlichkeit ist der Grund, warum so viele Pols noch immer auf ihren Posten hocken. Einen auf seinem Platz seine Schande aussitzenden Politiker könnte man »Sitting Pol« nennen.

Ich habe unsere Pols wegen ihres Aussehens, ihrer ranzigen Sprache, ihres blödsinnigen Geschwätzes, ihrer infamen Untätigkeit und Schamlosigkeit als Krankheit bezeichnet. Noch vieles könnte man ihnen nachsagen, es gibt fast nichts, was man ihnen nicht zum Vorwurf machen könnte, nur Killer sind es nicht. Unsere Pols sind Kotzbrocken, aber keine Killertypen. Die gibt es auch unter den Politikern, woanders.

Unsere Pols haben allerdings nicht gelernt, wie man mit Killern umgeht. Das ist gefährlich. Im eigenen Land lassen sie die Killer laufen, weil das 284 Wählerstimmen bringt, von ultrarechts zwar, aber besser als nichts, und es kostet nur 109 von links von der Mitte. Das sofortige Verhaften und Bestrafen (nicht das durchsichtige Reden davon) kostet 512 Wählerstimmen und bringt leider nur 173. Also 339 Stimmen verlieren? Oder 173 gewinnen? Damit ist klar, welche Politik gemacht werden muß. Der Wähler will es so.

Noch unausstehlicher, weil nicht einmal begründet durch das geile Gewähltwerdenwollen und die damit verbundene Quasiunzurechnungsfähigkeit, ist der hilflose, feige und auch gefährliche Umgang unserer Pols mit den Staatsterroristen anderer Länder. Allein dafür haben die Pols schon wieder jede Menge Tritte, meinetwegen auch eine Ladung Schrot in den Hintern verdient. Staatsmänner gibt es genug, die gerne möglichst häufig Anweisungen zu Mord und Folter geben, egal ob in China, im Iran oder in der Türkei. Mit etwas Rückgrat und Spuren von Charakter sollte man diese Leute auch wie Verbrecher behandeln und nicht wie Staatsgäste. Mit Kriminellen wird man nur fertig, wenn man mit ihnen wie mit Kriminellen umgeht. Dafür sind sich unsere Proletenpolitiker zu fein. Ich würde mich nicht wundern, wenn sie sich in ihrer spießigen Harmlosigkeit sogar daran weideten, ab und zu mit einem echten Massenmörder und heimlichen Herrscher vor dem Kamin zu sitzen, um ein bißchen die Aura des Todes und die bei uns verpönte Gewalt zu genießen und über den Dolmetscher Floskeln auszutauschen. Da kommt man sich endlich mal ein bißchen souverän und historisch vor.

Solch skandalöses Paktieren bleibt den Journalisten nicht verborgen. Tags darauf gibt es eine Fernsehsendung, in der genauestens aufgeführt wird, für welche Verbrechen der Staatsgast verantwortlich ist, und wie windelweich und täppisch unser Außenarsch oder sonst wer mit dem Schwerverbrecher plauderte. Weg mit dieser Pfeife, denken wütend einige Millionen. Bis zum nächsten Abend gibt es 150 neue Schreckensmeldungen aus aller Welt, und die Angelegenheit ist vergessen. So schlimm war es auch wieder nicht. Jedenfalls gibt es Schlimmeres.

Ich komme und komme nicht zur Sache beziehungsweise zu der Abschweifung, die mir wichtig war. Ich wollte vom Geld reden. Eine kleine philosophische Abhandlung über die Bedeutung des Honorars für den Revolverhelden wollte ich einschieben. Immer kam ein anderer Gedanke oder gar eine kleine Erkenntnis dazwischen. Diese letzte finde ich auch nicht ganz unwichtig. Man vergißt so schnell die Gemeinheiten, die von den Pols gesagt und getan wurden, die Chancen, die sie in ihrer Dummheit verspielt haben. So viele Fehler, so viel Schwachsinn kann sich niemand merken. Davon leben die Pols. Mit unserem Vergessen schaffen wir ihnen die Luft, die sie zum Atmen brauchen. Für Nullen ist das Vergessen ein guter Freund, wer etwas zu sagen hat, muß ständig dagegen ankämpfen. Vergessen kann einen fertig machen oder frei. Ich fasse zusammen: Fast nichts wird verschwiegen, es wird nur vergessen. Ich sage es noch einmal, damit es eine Viertelstunde lang nicht verschwindet: Fast nichts wird verschwiegen, es wird nur vergessen. Wenn man sich wiederholt, gilt man als redundant, aber nur so bleibt etwas hängen. Meine mir wichtige Anmerkung zu der Frage, wie viele Handvoll Dollar es wert ist, wenn man der Politbande die Hölle heiß macht, werde ich an anderer Stelle nachholen.

Nachdem ich den Gesandten mitgeteilt hatte, daß ich, wenn überhaupt, dann nur gegen Geld tätig werden würde, zogen sie beleidigt von dannen und sagten, in diesem Fall müßten sie erst den Schatzmeister ihres Vereins fragen.

4 Der Ruf des Häuptlings

Ich hatte es mir in der Hängematte bequem gemacht, obwohl ich Hängematten nicht sonderlich mag, das heißt, Hängematten mag ich schon, ich mag nur nicht in ihnen liegen. Ich finde es nicht bequem, sondern tue es der Form halber. Ein Mensch wie ich, der sich zurückgezogen hat und mit dem Trubel des Tages nichts mehr am Hut haben will, muß einfach ab und zu in einer Hängematte liegen. Noch dazu, wenn er im Süden lebt. Auf diese Weise drückt man seine Verachtung oder sagen wir seine Gleichgültigkeit aus gegenüber der menschlichen Geschäftigkeit. Das erwarte ich von mir. Das Dösen in der Hängematte ist eine symbolische Handlung beziehungsweise Nichthandlung. Irgendwie muß man sich ja ausdrücken. Immerhin züchte ich weder Schafe noch Rinder. Noch weiß ich, was sich gehört.

Was ich an Hängematten besonders hasse, ist, daß man nicht rechtzeitig ans läutende Telefon kommen kann. Hat man sich endlich aus dem schaukelnden Geflecht befreit, schweigt der Telefonapparat. Obwohl ich gestehen muß, daß ich nur noch selten angerufen werde. Von einem Revolverhelden im selbstgewählten Ruhestand will kaum noch jemand etwas wissen.

Elena und Inez, die beiden stolzen Señoras, waren in der Stadt. Es war Markt, und was soll man anderes tun in so einem Kaff im Süden, als auf den Markt zu gehen. Jeden Mittwoch vormittag Markt. Man wartet die ganze Woche darauf, obwohl es jedesmal das gleiche ist. Daß es auch heute noch seine Reize hat, zum Beispiel ein Kartoffelschälmesser auf dem Markt zu kaufen, finde ich rührend. Äußerst beruhigend übrigens, daß die Kartoffelschälmaschine, die vor einigen Jahrzehnten der Hausfrau die Freiheit bringen sollte, sich nicht durchsetzen konnte. Auch die Genforscher sind noch nicht soweit, uns die schalenlose Kartoffel anzubieten.

»Für dich!« Marguerita, die Süße, die im Haus geblieben war, brachte mir nun das Telefon, während ich so tat, als sei mir die Ruhestörung lästig. Ich lege Wert auf die Feststellung, daß ich noch kein drahtloses Telefon besitze. Ich möchte nicht, daß man sich mich mit einem dieser lächerlichen Hörer ohne Schnur in der Hand vorstellt. So weit heruntergekommen bin ich noch nicht. Mein Telefon ist schwarz und schwer, wie es sich meiner Ansicht nach für Leute gehört, die untergetaucht sind. Ich bin kein moderner Typ, der seine Glätte mit unrasierten Wangen zu verbergen sucht. Fragen Sie Marguerita und die Señoras Elena und Inez. Sie haben kein unkritisches Verhältnis zu mir, aber das werden sie bestätigen. Ich bin ein Relikt, und ich glaube, das mögen sie an mir. Ich bin nicht bunt, sondern schwarzweiß. Die falsche Farbigkeit der heutigen Welt geht mir auf die Nerven. Sie haben sogar eine Methode entwickelt, wie man alte Filme bunt machen kann. Es sind so viele Idioten am Werk, man kann längst nicht mehr allen den verdienten Arschtritt geben. Das ist vermutlich der eigentliche Grund für mein zurückgezogenes Leben: Die Verbreitung der Idioten macht einen machtlos. Mein Telefon hat eine 12 Meter lange Schnur und wird vorsichtig wie eine Kostbarkeit durchs Haus getragen.

Ich biß Marguerita dankbar ins Ohr, als sie mir Apparat und Hörer reichte. Sie kicherte und wehrte ab. »Es ist doch ein Ferngespräch«, sagte sie, »aus der Hauptstadt.« Nicht wir mußten die Rechnung zahlen. Marguerita aber will nicht einmal das Geld von Leuten verschwenden, denen Telefonrechnungen gleichgültig sind. So ist sie.
Es war natürlich wieder dieser Club der Gerechten, von dem mich erst neulich zwei Vertreter aufgesucht hatten. Diese beiden Gesandten mit ihren Seidenhemden. Der komische Verein wollte mich immer noch für seine Sache gewinnen. Sie ließen nicht locker. Der Anführer selbst war am Telefon. Er klang wohlgelaunt und geduldig. Ich hatte ein paar Erkundigungen über ihn eingezogen. Er war Professor. Ich nannte ihn »Häuptling«, und das gefiel ihm sichtlich beziehungsweise hörbar. Man konnte ihm seine muntere Aufdringlichkeit nicht übelnehmen.
»Haben Sie es sich überlegt?« Seine Frage war abwartend, aber nicht bohrend.
»Nein, noch nicht. – Was ist mit dem Honorar?« fragte ich.
»Ich bitte Sie«, sagte er, »da werden wir uns doch wohl einigen, oder?«
Er brachte es fertig, daß ich mir albern vorkam, weil ich so abweisend war. Ich merkte, wie ich zur Unterstützung meiner Absage den Kopf schütteln wollte. Aber auch zum Kopfschütteln war die Hängematte ungeeignet.
»Sie müssen mitmachen, und Sie werden mitmachen!«
Obwohl ich diese beschwörend-siegessichere Macherart hasse, gelang mir kein glaubhafter Protest. Er nützte das gleich aus, um mir Honig um den Bart zu schmieren, und versicherte mir, daß sein Club auf Erfahrungen von Leuten wie mich nicht verzichten könne. Dann wurde er

frech und sagte, er habe von seinen Männern, die mich besucht hatten, gehört, wie angenehm ich lebe, Glückwunsch! Er wolle mich jetzt aber doch ernsthaft fragen, ob ich einer von diesen neuen Hedonisten geworden sei, die nichts als ihr eigenes Wohlbefinden im Sinn haben. Reste von »Bürgersinn« würde er bei mir noch erwarten, das »Gemeinwohl«, wie er allen Ernstes sagte, dürfe mir doch nicht völlig egal sein! Gerade als ich möglichst beißend in die Sprechmuschel rufen wollte, daß ich solche Predigten nicht ausstehen könne und daß sie nicht bei mir verfingen, sagte er: »Ich glaube, Sie mögen solche Worte nicht, was?« und lachte dabei. Ich sagte, ich sei ein Einzelwesen und ließe mich nicht gern von jemandem einspannen. Er sagte, er respektiere das, bäte mich aber, mir einen Ruck zu geben, keine Berührungsangst zu haben und die Sache mal ein Stück weit anzudenken, ein Stück weit müsse jeder seinen Egoismus opfern. Schon wieder »ein Stück weit« – zweimal in einem Satz! Dazu die unsäglichen Worte »keine Berührungsangst« und »andenken«. Ich werde nie verstehen, wie relativ intelligente Menschen solchen Sprechmoden zum Opfer fallen können. Dann können sie auch Ideologien zum Opfer fallen. Vom Kanzlerkandidaten bis zur Bauchtänzerin – alle behaupten, irgend etwas andenken zu müssen, alle fordern ein Stück von irgendwas, alle versichern, keine Berührungsangst zu haben.

»Lieber bin ich ein selbstsüchtiger Hedonist, als daß ich solche Worte benutze«, sagte ich. Ich sei enttäuscht vom Häuptling. »Häuptling Leeres Wort« werde ich ihn künftig nennen. Wie könne er nur solchen Blödsinn reden! Für mich gebe es nur Entweder-Oder, aber nicht »ein Stück

weit«, sagte ich. (Das klang gut, obwohl es falsch war. Ich bin überhaupt keiner der Entweder-Oder-Typen. Die sind auch nicht sauber.) Ich denke auch nicht daran, etwas anzudenken, fuhr ich fort (obwohl auch das gelogen war). Andenken seien für mich immer noch Souvenirs und gehörten in eine Touristenbude oder ein Poesiealbum. Man solle mal ein Museum einrichten mit dem, was in letzter Zeit alles angedacht worden sei. Und was die Berührungsangst betreffe, so werde ich die pflegen bis zum Umfallen, sie sei das einzige Mittel, um uninfiziert über die Runden zu kommen. Also bitte, mit solchen Worten solle er mich verschonen.
Der Häuptling schwieg sekundenlang, und ich glaubte schon, ihn ein für allemal beleidigt zu haben, aber dann sagte er: »Bravo! Endlich kommen Sie aus der Reserve, endlich werden Sie aggressiv, Sie sind doch noch ganz der Alte, ich habe es ja gewußt, wachsam, ein Ohr für falsche Töne, bravo, genau deswegen ist Ihre Mitarbeit unverzichtbar.« Pause. Im Grunde wisse ich natürlich, nervte er mich weiter, daß Sprachkritik schön und gut, aber eine Formsache sei. Es komme auf ganz andere Dinge an, das wisse ich genau, es gehe bergab mit diesem Land, wenn sich nicht schleunigst ein paar vernünftige Leute zusammenschlössen. »Also los«, sagte er plötzlich jovial, »stellen Sie sich nicht an, Sie haben lange genug gefaulenzt und in der Sonne gelegen, ist auch gar nicht gesund, das nur nebenbei.« Ich solle mir bitte mal das Schicksal der Arbeitslosen vergegenwärtigen, Millionen von Langzeitarbeitslosen ohne jede Perspektive, Millionen von Ausländern, die Angst vor den Rechtsradikalen hätten – »denken Sie doch mal eine Minute darüber nach!« Ich stöhnte, und er sagte: »Sehen Sie!«

Nach eine halben Stunde hatte mich der Typ an der Strippe so weit, daß ich mir tatsächlich wie eine Drohne vorkam. Er sprach von einem Meeting, an dem müsse ich teilnehmen, ich könne dann immer noch sehen, ob ich mitmachen wolle. Gerade jetzt die Wahl des Präsidenten habe gezeigt, daß es den Bach runtergehe, es sei an der Zeit, den Säcken an der Regierung das Handwerk zu legen, jaja, er wisse schon, mit der Opposition sei auch kein Staat zu machen, trotzdem, was da abgelaufen sei –, skandalös sei das gewesen, nicht wahr?
Von allen Wahlen interessieren mich Präsidentenwahlen am wenigsten. Allerdings genierte ich mich, so ganz und gar nicht Bescheid zu wissen, was denn da Fürchterliches abgelaufen war, und behauptete, ich sei in den Tagen unterwegs gewesen. Ich hätte außer Landes zu tun gehabt, log ich dazu, das klang ganz gut, wenn schon, denn schon. In Wirklichkeit war ich mit Inez und Marguerita im Kino gewesen. Ein mäßiger Film, aber es war ein angenehmes Gefühl gewesen, an einem Tag ins Kino zu gehen, an dem Millionen braver Staatsbürger vor dem Fernseher hockten, um eine todlangweilige Wahl anzuschauen, die von den Medien, um der Politikverdrossenheit entgegenzuwirken, als spannend verkauft wurde.
Ich sagte dem Häuptling, er solle mir bitte eine Pressemappe mit Berichten über die Präsidentenwahl zukommen lassen, wenn er auf mich als Gesprächspartner weiter Wert lege, ich sei nicht im Bilde.
»Kriegen Sie«, sagte der Häuptling, und mir war klar, daß meine Bitte schon fast wie die Zusage geklungen haben mußte, bei diesem nach wie vor undurchschaubaren Club der Gerechten mitzumachen. Nicht nur das, sagte der

Häuptling, er wolle mir alle wichtigen Zeitungen regelmäßig schicken lassen. Wohin mit dem ganzen Papier? Aber er meinte, dies sei ein Jahr der Entscheidung, da könne es nicht schaden, wenn man rundum von den verschiedensten Seiten informiert werde. »Das geht selbstverständlich auf unsere Rechnung«, sagte er. Ich protestierte, weil ich das Angebot als Bestechung empfand, doch dann fiel mir ein, daß in diesem Jahr das Reisig zum Anfeuern des Kamins knapp war. Früher war die ganze Gegend voller Reisig. Unter jedem Baum lag genug davon. Man ging spazieren und nahm etwas Reisig mit nach Hause. Wo war das Reisig geblieben? Hatte das etwas mit den kaputten Wäldern zu tun? Aber kränkelnde Bäume mußten doch besonders viel dürres Gezweig verlieren. Oder war der Reisigmangel eine Folge der neuen Armut? Vielleicht haben immer mehr Leute kein Geld für die bequemen Feueranzünder, die man im Laden kriegt, rennen im Morgengrauen in die Natur und klauben alles zusammen, was brennbar ist. Und wenn ich am Nachmittag gemütlich durch die Prärie spaziere, ist unter den Büschen natürlich nichts mehr zu finden. Zeitungspapier machte zwar eine häßliche Asche, war aber zum Anheizen nicht ungeeignet, und so ich ließ ich meinen Protest matter werden.

Dann fragte mich der Häuptling, ob ich ein Fernsehgerät mit Kabelanschluß hätte, beziehungsweise welche Fernsehprogramme ich hier unten im Süden bekäme. Er glaubte wohl, ich hätte so eine abscheuliche Satellitenschüssel auf dem Dach der Haziena. »Das war in Ihrer großen Zeit damals vermutlich anders«, sagte er, »aber heute muß man viel fernsehen, wenn man wissen will, wie sie einen bescheißen.« Er würde mir Videokassetten von Sendungen

über die Präsidentenwahl schicken. »Ich habe keinen Videorecorder«, sagte ich stolz.
»Wissen Sie was«, sagte der Häuptling, »Sie besuchen uns einfach. Sie kommen einen Tag vor dem Meeting, sehen sich hier in aller Ruhe Wahlvideos an, dann sind Sie im Bilde.« Der Häuptling war sicher, daß ich die Bilder empörend finden, daß ich, wie er sagte, »einen Handlungsbedarf verspüren« und anderntags an dem Treffen teilnehmen werde. Dann könne ich mich immer noch entscheiden, ob ich die Initiative unterstützen wolle. Alles völlig unverbindlich. Mir fiel eine Frau namens Sina ein, die jetzt in der Hauptstadt lebte, und die ich schon lange nicht mehr gesehen hatte. Er lasse mir von seinem Büro ein Flugticket zuschicken, sagte der Häuptling.

5 Der Ritt in die Stadt

Früher! Man könnte konservativ werden. Früher hätten wir längst die Pferde gesattelt, wären schon mal losgezogen in die große Stadt und hätten vorsorglich etwas Remmidemmi gemacht. Kann nie schaden, wenn Präsidentenwahl ansteht. Wir hätten die Pferde am Rand der Wiese vor dem großen alten Protzgebäude in der Hauptstadt angebunden, in dem der neue Superkasper von einem Haufen berechtigter Wichtigtuer gewählt wird, und hätten erst mal ganz friedlich ein Zigarettchen geraucht. Das war einmal. Kein Schwein raucht heute noch. Auch ich habe kaum noch Bedarf. Mir schmeckt es nicht mehr. Ich rauche nur noch, um die Tradition nicht zu verraten. Früher rauchte alles: Wir rauchten, und die Colts rauchten. Früher hätten wir uns neben unseren Pferden niedergelassen, gemütlich Ringe in die Luft geblasen und schon mal durch die Ringe hindurchgeschossen, um nicht aus der Übung zu kommen und um Eindruck zu machen. Wir sahen es als unsere Pflicht an, die sogenannte Elite in Furcht und Schrecken zu versetzen. Es gab immer Auftraggeber, die gut zahlten, wenn wir dafür sorgten, daß den traurigen Gestalten, die wir etwas penetrant »Machthaber« nannten, die Kugeln um die Ohren pfiffen. So war das einst im Wilden Westen. Rauhe Sitten.
Nun saß ich in dem charakterlosen Zimmer eines verdammten modernen Hotels, das die Klugscheißer von heute oder gestern vermutlich »postmodern« nennen – mein Gott, geht mir das Geschwätz der schicken Städter auf die

Nerven. Ich war in dieser Stadt, die sie in ihrem Größenwahn zur Hauptstadt gemacht hatten. Big Berlin Town. Natürlich war es in gewisser Weise normal, eine Stadt, die einmal Metropole gewesen war, wieder zur Hauptstadt machen zu wollen, kein Zweifel. Kein Zweifel aber auch, daß uns das Normale ziemlich anödet. Uns? Der Plural ist vielleicht ein wenig voreilig. Ich weiß gar nicht, wer noch auf meiner Seite ist. Ob der Häuptling und sein Stamm auf meiner Seite standen, war zu bezweifeln. Ihr Appetit auf meine Mitarbeit konnte auf einem Mißverständnis basieren. Es würde sich herausstellen. Frühestens in vier Stunden. Um 18 Uhr war ich mit dem Häuptling verabredet, jetzt war es erst zwei. Nein, es würde sich nicht so bald herausstellen. Wer wes Geistes Kind ist, das ist zu einer der schwierigsten Fragen geworden. Die Leute wissen es selbst nicht mehr. Ich weiß es auch nicht so genau.
Ich tauche gerne vor der Zeit auf, eine Angewohnheit von früher. Du kannst in aller Ruhe den Ort erkunden, keine gutwilligen Begleiter quatschen dir die Ohren voll. Du schaust dich um, wo du dich für deinen Auftritt postieren kannst, egal, ob Messerwerfen angesagt ist, oder ob du scharf schießen mußt. Was früher eben so anfiel.
Jetzt aber saß ich ziemlich verloren auf der Bettkante und mußte an einen Auftritt in einer verschlafenen Stadt denken. Sie lag in einer Gegend, die man den Mittelwesten nannte. Inzwischen hat sich alles verschoben, rechts und links ist nicht mehr rechts und links, und der Mittelwesten ist nicht mehr in der Mitte vom Westen. In dieser Stadt hatten sie vor Jahren die fetteste und korrupteste Figur zum Bürgermeister gemacht, ein richtiges Bilderbuchschwein. Dessen Inthronisationsfeier sollte ich etwas stören.

Bürgermeister waren eigentlich immer unter meinem Niveau, unterhalb des Ministerstatus vergriff ich mich selten an Politikern, aber das Honorar war gut. Ich sollte den Mann nicht um die Ecke bringen, sondern ihm nur ein bißchen Angst einflößen. Solche Aufträge waren nach meinem Geschmack. Kein Blut, keine Toten. Blut sehe ich nicht gern, Tote auch nicht. Bin kein Killertyp. Ich kille nur, wenn es sein muß. Diesem Fettarsch schoß ich aus großer Entfernung den Hut vom Kopf. Kindisch, aber immer wieder ein Mordseffekt. Dann schoß ich in den Sand direkt vor seine Füße. Immer gerade dort, wo er einen Fuß hinsetzen wollte, schlug meine Kugel in den Sand ein, und es gab eine malerische Miniaturstaubwolke. Der Mann ist in seiner Amtszeit dann ziemlich moderat gewesen. 5000 wurden mir damals bezahlt. Plus Spesen. Das Hotel hatte noch schöne knarrende Dielen und natürlich keine heimtückische Eingangstür, die von selbst aufgeht, wenn man sich ihr nähert.

Wie komme ich darauf? Ach ja, weil ich damals auch schon Stunden vor dem verabredeten Termin aufgetaucht war. Die Zeit steht dann so schön still. Wenn einen die konspirative Delegation am Bahnhof abholt, gibt es lange Gesichter, weil man nicht aus dem Zug steigt. Einer sagt dann immer: »Ich hab's gewußt, daß der nicht zuverlässig ist.« Ein anderer: »Ich glaube, den gibt's gar nicht.« Dann kommst du freundlich von hinten, kaust an einem Zigarillo und mußt jetzt natürlich irgendeinen blöden Spruch klopfen. Du tippst dem Mann, der an deiner Existenz zweifelt, ans Schulterblatt und sagst zum Beispiel großartig: »Mich wundert, daß es Sie noch gibt.« Es geht nicht ohne blöde Sprüche. So imponierst du ihnen sofort. Sie zeigen dir ihre

Stadt und staunen, wie rasch du alles begreifst. Du bist dein Geld schon wert, ehe du angefangen hast.

Daß ich wieder gewohnheitsmäßig zu früh am Ort war, erwies sich diesmal als Fehler. Es gab nichts zu erkunden. Morgen war das Meeting, und heute am frühen Abend wird man mir im kleinen Seminarraum des Hotels wie versprochen die Fernsehfilme von der Präsidentenwahl zeigen. Bis dahin nichts zu tun. Ich hatte natürlich sofort Sina angerufen, die schließlich den Ausschlag für meine Reise in die Hauptstadt gegeben hatte. Auch Sina besaß nun einen Anrufbeantworter. Ich weidete mich innerhalb von einer Stunde dreimal an ihrer Stimme, die ich nach wie vor erstaunlich lasziv fand für eine Architektin, ging im Zimmer auf und ab, setzte mich wieder auf die Bettkante, und, um die Achtung vor mir selbst nicht restlos zu verlieren, unterdrückte ich meine Lust, in der Nase zu bohren.

Betrinken wollte ich mich nicht, es bekommt mir nicht mehr, wenn ich am Nachmittag damit anfange. Außerdem sollte oder wollte ich nachher diese Filme ansehen. Ich kann zwar noch immer gut schießen, wenn ich einen sitzen habe, nicht aber Filme sehen. Ist jedoch keine Alterserscheinung. War früher auch schon so. Nicht einmal die Handlung der simpelsten Spielfilme kapiere ich dann. Kaum habe ich ein Glas Whisky geschluckt, werde ich milde, und es entgeht mir alles, die Details wie auch der Zusammenhang.

Ich war mit dem Flugzeug in der Hauptstadt eingetroffen, auch das ein Fehler. Die Ankunft auf einem Bahnhof ist die klassische Einstimmung, wenn man an einem anderen Ort eine wichtige Aufgabe zu erledigen hat. Wegen der verfluchten Kontrollen auf den Flughäfen hatte ich keine Waffe mitgenommen, das war das nächste Kreuz. Selbst wenn ich mit dem Häuptling wider Erwarten übereinstimmen sollte, würde es wohl kaum so weit kommen, daß ich schon diesmal hier in Big Berlin Town Gelegenheit zum Herumballern bekäme. Nein, eine Waffe ist vor allem dafür gut, sich in diesen leeren Hotelstunden, wenn eine steile Ex-Flamme wie Sina nicht zu erreichen ist, standesgemäß zu beschäftigen: Man reinigt überflüssigerweise den blitzblanken Lauf des Revolvers, man dreht an der Trommel, man prüft und bastelt und putzt und ölt ein bißchen herum. Einfältige Rituale vielleicht, aber sie gehören dazu wie das Vorspiel zur Liebe. In meinem Alter sollte ich vielleicht einen anderen Vergleich wählen. Ich bin schließlich 64, reif genug, mich über nichts mehr zu freuen als über die Lüge, mein Alter sei mir nicht anzusehen. Ein passenderer Vergleich also: Mit der Revolverpflege ist es so wie mit der Gesundheitsvorsorge: Auch wenn dir altem Knacker nichts fehlt, ist es doch ein gutes Gefühl, morgens ein paar Kürbiskerne zwischen die Zähne zu nehmen und sicher zu sein, das Menschenmögliche für die Prostata getan zu haben.

Kurz vor 18 Uhr klingelte das Telefon. In der Halle wartete ein Mitarbeiter des Häuptlings auf mich. Er trug ein Hawaiihemd. Der Häuptling selbst ließ sich entschuldigen. Wir gingen in den kleinen Seminarraum des Hotels, den sie »Weimar« genannt hatten. Idioten. Sofort bekam ich Lust, den Hotelmanagern und ihren PR-Beratern meine Messer zwischen die Finger zu schleudern. Der große Seminarraum war »Dresden« getauft worden. Mit solchen Namen wollten sie den Leuten im Wilden Westen Achtung vor dem Osten nahebringen. Ich hasse solche Ideen. Wie kann man ein Zimmer nach einer Stadt nennen! Krankhaft ist das. Eins in die Fresse dafür! In dem Raum standen mehrere bequeme Clubsessel. Ein anderer Mitarbeiter des Häuptlings machte sich an einem Videorecorder und einem überdimensionalen Fernsehgerät zu schaffen und hantierte mit einem Packen Videokassetten.

»Ich habe Sie mir ganz anders vorgestellt«, sagte der Typ mit dem Hawaiihemd emotionslos.

»Wie denn?« Ich war gereizt. Der hatte sich überhaupt nichts vorgestellt, der wollte nur Konversation machen. Er hätte mein Enkel sein können.

»Irgendwie wilder«, sagte er, »verwegener.«

Ich machte ihm klar, daß ich auch in meinen wildesten Zeiten immer harmlos ausgesehen hatte, und ärgerte mich, daß ich mich überhaupt auf ihn einließ: »Schon mal was vom Wolf im Schafspelz gehört!?«

Jetzt war der Videomann mit seinen Vorbereitungen fertig und erklärte dem Hawaiihemd, wie man das Bild anhält, zurückspult und langsamer ablaufen läßt. Es war Viertel nach sechs, und es kamen noch einige Herren von dieser »Initiative der Akademiker zur Rettung der Republik«. Sie wollten auch die Filme sehen, oder sie wollten mich sehen, oder sie wollten sehen, wie ich reagierte, was weiß ich. Zu meiner Befriedigung hatten sie den Spitznamen bereits angenommen, auf den ich ihren Verein getauft hatte. »Wir sind vom ›Club der Gerechten‹«, stellte sich einer vor und bedauerte den schwülstigen offiziellen Vereinsnamen.

»Der abgekürzt ziemlich blutrünstig klingt«, sagte ich, »IARR – das riecht nach Attentat.«

»Dafür sind Sie zuständig«, sagte glatt ein weißhaariger Mitvierziger, und mir war weniger denn je klar, was die wirklich von mir wollten. Wurde hier ein bißchen gewalttätig herumgeredet, waren das alles sozusagen ironische Metaphern, oder planten die tatsächlich was? Wie Putschisten sahen sie nicht aus. Bei diesen Intellektuellen weißt du nie, woran du bist.

6 Der falsche Mann

Es geht nicht mehr zu wie im klassischen Wildwestfilm: kein Staub, keine Spucknäpfe und Schwingtüren, keine prahlenden Schurken und wimmernden Feiglinge. Und nirgends der wilde, strahlende Held, das Herz todsicher auf dem richtigen Fleck. Ich selbst bin dafür ein Beispiel. Statt lässig am Rand des ausgestorbenen Platzes einer kleinen korrupten Stadt zu stehen, die Sonne im Zenit und die ängstlichen Bürger hinter den Fenstern meine Zeugen, um derart malerisch auf die pünktliche Rückkehr der Ganoven zu warten, sitze ich im abgedunkelten Raum eines Kongreßhotels und starre auf einen Monitor. Der Rächer von einst macht sich heute erst einmal mit Videos ein Bild.
Mittlerweile hatten sich ein halbes Dutzend Leute eingefunden. Alles emsige Mitglieder des Clubs der Gerechten. Ich kam mir zunehmend deplaziert vor. Ich war der letzte wilde Mann aus dem alten Westen, den sie unter dem falschen Namen Señor Donde im Süden aufgestöbert hatten, Spezialist mit mordsmäßigen Erfahrungen. Noch war man nicht sicher, ob der Señor, dieser unerhört abweisende Mann, überhaupt mitmachen würde. Topleute sind nicht leicht zu kaufen. Das macht sie nur noch begehrenswerter. Du zierst dich aus purer Entschlußlosigkeit, und die Leute reißen sich um dich. Die Frauen machen es auch so.
Weil es hier mehr geheimagentenhaft als wildwestmäßig ablief, hatte ich Schwierigkeiten, mit meiner Rolle zurechtzukommen, und mußte dauernd an eine Redewendung denken, die Marguerita, die Süße, mit Vorliebe be-

nutzte: »Ich glaube, ich bin im falschen Film.« Vielleicht wäre ein smarter James Bond besser am Platz gewesen als ein Haudegen wie ich, der ich eine Art Fossil aus den Flegeljahren der Republik war. Sich die Schwachstellen der Erwählten auf Videos vorführen zu lassen, hatte seine Reize und Vorteile. Ob ich mich an solche neumodischen Hilfsmittel bei der Machthaberbekämpfung gewöhnen würde, war fraglich.
Bequem saß ich im Sessel und wurde das unangenehme Gefühl nicht los, daß die von mir ein Rezept erwarteten, wie man die Machthaber am wirkungsvollsten erschüttern, wie das drohende Unheil in letzter Minute abgewendet werden konnte. Worin das Unheil allerdings bestand, war mir noch nicht ganz klar. Es liefen ziemlich harmlose Bilder von der Präsidentenwahl, das übliche Gedöns, aber nichts, was meine Hand sozusagen zum Colt an der Hüfte hätte zucken lassen. Die Greenhorns hier schüttelten allerdings dauernd die Köpfe, sahen in solidaritätsheischender Empörung zu mir hinüber und sagten: »Unglaublich, unglaublich, unglaublich, finden Sie nicht?«
Ich fand nicht besonders unglaublich, was ich zu sehen bekam, wußte gar nicht, was die meinten, und schwieg, weil das bekanntlich nie schaden kann. Heute, wo alles faselt und kommentiert, kannst du mehr denn je Achtung erzeugen, wenn du gekonnt den Mund hältst. Es ist noch immer der beste Kommentar. Wie man eindrucksvoll schweigt und dazu ein undurchschaubares Gesicht macht, habe ich noch nicht verlernt.
Langsam fand ich Gefallen an meiner seltsamen Rolle zwischen diesem Häuflein von Akademikern in ihrem gerech-

ten Zorn. Auch wenn ein Fernsehnachmittag mit Politvideos nicht so romantisch war wie einst das Auskundschaften geeigneter Deckungen für die fällige Schießerei. Man ist realistischer geworden. Vor dem Bildschirm kriegt man unter Umständen besser mit, was gespielt wird. Die Kritiker des Glotzens sagen, die Bilder machen einen noch blöder. Andere sagen, daß der Blödsinn nirgends deutlicher zum Vorschein kommt als im beziehungsweise beim Fernsehen. Was weiß ich. Ich will mit diesen Fragen nichts zu tun haben. Die Darstellung der Wirklichkeit in den Medien verwirrt zwar gewaltig, aber die Wirklichkeit selbst ist auch nicht schlecht verwirrend. Wenn Sie mich fragen, hat man nicht etwa die Wahl zwischen strahlender Wahrheit und faustdicker Lüge, sondern nur zwischen verschiedenen Verwirrungen.

Das Wahrnehmen der Wirklichkeit über den Bildschirm nennt man virtuell, habe ich mir sagen lassen. Der Wilde Westen ist passé, die Welt ist virtuell geworden. Früher mußte man virtuos sein, um irgendwie durchzukommen. Virtuos ballern und treffen. Früher war es einfacher. Es gab nur Gut und Böse. Das war zwar auch nicht richtig, aber scheinklarer. Heute ist kaum noch einer so eindeutig erzböse, daß ihm der gute Rächer ohne weiteres eine Kugel in die verkommene Brust schießen könnte. Peng! Oder wenigstens zur Ermahnung eine Kerbe in die Ohrlöffel. Statt dessen überall Zweifel und demokratische Diskussion, wie die Erlösung vom Übel am besten zu organisieren sei. Eine Spätfolge der Aufklärung. Schlechte Zeiten für scharfe Schützen.

Da mich die Fernsehaufzeichnung der Präsidentenwahl langweilte, teilte ich meine Endzeitüberlegungen einem

hinter mir sitzenden Akademiker mit, der sich allerdings auf kein Gespräch mit mir einlassen wollte. Offenbar betrachtete er mich als Mann fürs Grobe, als einen Typ, der für ein paar Dollar die Leute wegschafft, die im Weg sind. Reden kann man mit so einem natürlich nicht. Ich sagte, daß ich den Wilden Westen für eine Legende hielte, mich inklusive. Die Zeit der krachenden Schüsse sei erstens vorbei und zweitens sei eigentlich nur im Rückblick der Teufel los gewesen. »Das Rheuma in den Knien ist das einzige, was mir wirklich geblieben ist«, sagte ich. Die verdammten Ritte im kühlen Morgengrauen, diese unsinnige Angewohnheit der Leute aus dem Westen, die auch ich leider praktiziert hatte, nämlich mit Stiefeln und Hose durch flache Flüsse zu reiten und zu schreiten. Immer diese ekligen nassen Hosen dann. Das konnte nicht gesund gewesen sein. »Die Welt ist nicht wild, sondern großspurig«, sagte ich, wurde aber sofort von einem anderen Akademiker zurechtgewiesen: Mir sei wohl entgangen, was sich in Zentralafrika abspiele. Von da werde gerade ein neuer Rekord gemeldet. So viele Tote in so kurzer Zeit hatte es noch nie gegeben. Hunderttausende von Schwarzen wurden in zwei Wochen von einem anderen schwarzen Stamm massakriert. »So grauenhaft haben es früher nicht einmal die Weißen mit den Rothäuten getrieben«, sagte der Gerechte, der auch noch Richter war, wie sich herausstellte.
Der Streifen beziehungsweise das Video der Präsidentenwahl bot nach wie vor wenig Aufschluß. Die Kandidaten bekamen in den Pause zwischen den Wahlgängen unoriginelle Fragen gestellt und versuchten originell darauf zu antworten. Wenn es überhaupt nichts mehr zu zeigen und zu melden gab, wenn die Reporter niemanden mehr auf-

treiben konnten, dessen Statement ihrer Ansicht nach von Interesse sein könnte, wurden vorbereitete Filmporträts eingespielt, die den Werdegang der Kandidaten aufzeigten. Besonders verräterisch wie immer der häusliche Couchtisch und die Sitzgarnitur. Ich bereute bitterlich, meine Hängematte verlassen und mich auf den Unsinn hier eingelassen zu haben. Der Mann mit den geringsten Chancen, ein linker Vogel, wirkte am sympathischsten, aber das war auch nichts Neues.

Doch, vielleicht war das etwas Neues. Wenn die Zeiten wirklich so bedrohlich gewesen wären, wie man mir weiszumachen versuchte, hätte ein rechtsradikaler Außenseiter von sich reden gemacht. Zwar hatte das rechte Gesocks auch eine Figur aufgestellt, aber die Medien hatten sich offenbar einmütig entschlossen, diesen Neurotiker zu ignorieren. Er kam in der Berichterstattung nicht vor. Wen die Medien heutzutage übersehen, der ist so gut wie nicht vorhanden. Das Töten durch Nichtbeachten ist die moderne, unspektakuläre, aber vermutlich wirkungsvollere Methode der Bekämpfung unliebsamer Gestalten als das altmodische Blei zwischen die Rippen, dachte ich, nicht ohne jene Trauer, die auch den harten Mann befällt, der seine große Zeit als aus und vorbei erkennen muß.

Um meine Menschenwürde zu wahren, um mir nicht wie ein wehrloses Vieh vorzukommen, das man unablässig mit Bildern abfüttert, bat ich in möglichst herrischem Ton, die Vorführung zu unterbrechen, ging in mein Zimmer, wählte zum vierten oder fünften Mal Sinas Nummer und erschrak, als sie tatsächlich am Telefon war. Sie freute sich über die Komplimente, die ich ihrer lasziven Stimme gemacht hatte, und behauptete, heute Abend keine Zeit für mich zu haben. Sie sei zu kaputt, sie müsse in die Wanne und dann ins Bett. Jede Begründung hätte ich ohne zu Murren hingenommen, nicht aber diese. Die größte Zerschlagenheit muß von einem weichen, wenn nach Jahren ein alter Lover anruft. Man kann nicht Bett und Wanne vorziehen. Zumindest kann man das nicht sagen. Ich beschwerte mich und Sina sagte, ich sei doch sicher morgen auch noch da. »Warte ab«, sagte sie, und das versöhnte mich wieder.

Als ich in den absurden Film- beziehungsweise Videovorführraum zurückkam, bot mir der Mann mit dem Hawaiihemd, der mir überflüssigerweise plötzlich als stellvertretender Vorstandsvorsitzender des Clubs der Gerechten und im Zivilleben Notar vorgestellt wurde, einen Whisky an. Ich hatte den Eindruck, meine finstere Miene hatte die Leuten dazu gebracht, sich ein wenig um mich zu bemühen. Wenn ich den Whisky, nach dem mir nicht zumute war, ausschlüge, würden sie den Glauben an mich verlieren. Abstinenz kann das Image schädigen. Einem Haudegen, der nicht säuft, ist nicht über den Weg zu trauen. Ich verlangte also einen Scotch, nahm Platz neben einer Topfpflanze, in deren Erde ich den Drink unauffällig gießen würde und versuchte mich auf die Antrittsrede des Mannes zu konzentrieren, den sie, machtgeil, dumm und feige, kanzlerhörig, einfallslos und denkfaul, wie sie waren, erwartungsgemäß zum Präsidenten gewählt hatten. Wie ein Agent, der aufmerksam das Dokumentarmaterial prüft, um herauszufinden, wo er zu gegebener Zeit Sprengladungen anbringen wird, lauerte ich darauf, daß dieser Mann, der vielleicht mein nächstes Opfer werden würde, sich endlich eine entscheidende Blöße gab.

»Haben Sie das gesehen? Haben Sie das gehört?« sagte das Hawaiihemd. Ich schwieg. Mir war nichts Außergewöhnliches aufgefallen, und ich hatte langsam den Verdacht, daß ich zu stumpf, zu langsam, zu unaufmerksam für den Job geworden war. Später stellte sich heraus, daß die Gerechten vor allem das Plädoyer des Präsidenten für die Unverkrampftheit erbost hatte, ein Passus, den ich ungewöhnlich, aber nicht schmählich finden konnte. Außerdem hatte der gute Mann in der Eile vergessen, ein paar brennende Probleme anzusprechen, die vielen Arbeitslosen etwa und die widerlichen Umtriebe der Rechtsradikalen. Deswegen wurde er von der Opposition und von dem offenbar ziemlich oppositionsnahen Club der Gerechten sofort attakkiert. Ich schwieg, dachte daran, was ich immer alles Wichtiges zu sagen vergesse, und wartete auf Äußerungen des neuen Mannes, die endlich auch mir über die Hutschnur gehen würden.

7 Die Nacht der scharfen Töne

Abends um zehn zog ich mich angeschlagen in mein Zimmer zurück. Wenn mich etwas fertigmacht, dann diese Fülle von Fernsehbildern. Immerhin war die Marathontortur nicht völlig unergiebig gewesen. Denn der frisch gewählte Präsident hatte einem Reporter gesagt, er liebe sein Volk. Nicht etwa, um damit Stimmen zu sammeln, nein, ohne Not, einfach so hatte er das gesagt. Das hatte mich sofort aus meiner Lethargie gerissen. Solche Worte höre ich noch immer gewissermaßen gegen den Wind, wie ich früher das bedrohliche Herannahen aus dem Gefängnis entflohener Drecksbanden gehört, geahnt oder gerochen hatte. Instinkte. Heute denkt man übrigens bei Gefängnis an Resozialisierung und Integration in die Gesellschaft. Umschulung. Früher lud man lieber den Colt, denn einem Entflohenen war keinesfalls zu trauen, egal, ob er schuldig oder unschuldig war – und ganz besonders egal, ob die angebliche Schuld des Schurken in fehlenden Ausbildungsplätzen oder schlechten Berufsaussichten zu suchen war. Pastoren und Pseudopastoren bedauern heute den Killer mehr als das Opfer seiner Schandtat.
»Ich liebe mein Volk.« Unglaublicher Satz. So eine Schweinerei durfte man weder unter dem Druck des Gewähltwerdenwollens noch in der Euphorie des Gewähltwordenseins von sich geben, weder als Antwort auf eine dumme Frage noch im Zustand der Übermüdung, wobei dieser Sack von Präsident gar keinen Grund hatte, abgespannt zu sein. So anstrengend konnte das Gewähltwerden auch wie-

der nicht sein. Wenn jemand Grund zur Erschöpfung hatte, dann war es allein ich, der den ganzen Schwachsinn stundenlang hatte mit ansehen müssen. »Ich liebe mein Volk.« Ich beschloß, diesen Satz unverzeihlich zu finden. Er war auch nicht etwa nur fahrlässig dahingesagt, sondern nach reiflicher Überlegung bedeutungsvoll dem Reporter anvertraut worden wie ein Vermächtnis. Vorsätzlich war das. Keine mildernden Umstände.
»So geht das nicht, mein Lieber!« sagte ich in meinem Hotelzimmer laut vor mich hin zum Präsidenten und hörte schon, wie ich den Hahn des Revolvers spannen würde. Klick. Wer am Ende des 20. Jahrhunderts behauptet, sein oder auch nur irgendein Volk zu lieben, der kann nicht alle Tassen im Schrank haben.
In einer anthropologischen Aufwallung kann einem vielleicht mal das Volk der Eskimos sympathisch sein, obwohl das ziemlich versoffene Figuren sind in Grönland oben. Besser die Tibetaner. Die mögen einem unter Umständen, mit dem richtigen Abstand betrachtet, eine Weile als angenehme Zeitgenossen erscheinen – bis zum näheren Hinsehen. Oder das muntere Monarchistenvölkchen der Insel Tonga. Verständlich, wenn man sich von den Lendenschurzen blenden läßt und die Bewohner dieser Insel als liebenswert bezeichnet oder auch tatsächlich empfindet. Aber man kann doch nicht die Bevölkerung einer Industrienation ins Herz schließen, also einen Zigmillionenhaufen von geschmacklosen, verwöhnten, selbstsüchtigen Dreckfilmglotzern, Fußballanhängern und Modemitläufern. Was für ein elender Kitsch, was für eine dreiste Anbiederung ist die Behauptung, eine solche diffuse, oft genug bösartige und nur beschränkt lernfähige Masse zu lieben.

Und wieviel dreister oder verblendeter noch, wenn das eigene Volk Gegenstand der Liebesbeteuerung ist. Ich muß doch bitten! Man kann und soll als intelligentes Wesen zu seiner Herkunft kein Liebesverhältnis haben. Womöglich ein entkrampftes Verhältnis, wie! Jetzt, als ich die Videosession zu verdauen begann, wurde mir klar, daß sich der Präsident mit seinem naiven Plädoyer für die Unverkrampftheit doch disqualifiziert hatte. »Ich liebe mein Volk.« Pfui Teufel! Was für ein gehäkelter Nationalnarzißmus. Dieser Präsident war für mich gestorben. Ich war bereit, ihn zu erledigen. Der gute Mann erinnerte mich zunehmend an eine dieser wattierten Hauben, die man früher den Kaffeekannen zum Warmhalten überstülpte. Solche Volksschwätzer kann ich nicht ausstehen. Ein Mensch mit Verstand blickt nicht verliebt, sondern kritisch auf das eigene Nest. Wenn man schon so pervers ist, das eigene Volk zu lieben, dann zeigt man das gefälligst nicht. Es gibt ungeschriebene Anstandsregeln. Für mich ist Vaterlandsliebe ungefähr so abartig wie Sodomie. Sie ist vermutlich etwas ganz Archaisches. Brünstige Liebe zum Tier oder brünstige Liebe zum Volk. Kann sein, daß einige Menschen das brauchen, und es soll ihnen nicht weggenommen werden. Keine Verbote, wir sind tolerant. Strafbar ist allerdings nach den Richtlinien meiner Moral das offene Bekenntnis. Warum nicht rauchen, aber man muß nicht verkünden: Ich rauche gern!

Dieser neue Präsident war ein Nesthocker. Ein Kloß wie der Kanzler, der mit seinem unbeholfenen Armrudern authentisch wirken wollte und zu rühren versuchte. Wer solchen Quatsch faselte, war noch nicht mal in der Pubertät. Er hatte bei seiner Rede geschluchzt vor Rührung. Eine

Heulsuse hatten sie zum Präsidenten gemacht. Ich kann schon Leute nicht aushalten, die in ihre eigene Familie verliebt sind und mit ihren Kindern prahlen. Und der liebt sein Volk.

»Hey, Mister Präsident«, sagte ich, als ich ihn vor meinem unbestechlichen inneren Auge sah. Bevor ich wirklich loslege, stelle ich mir die Situationen immer vor, in die ich gerate. Das schützt vor bösen Überraschungen. Auch erotische Eroberungen probe ich zunächst als Planspiel in der Phantasie, ehe ich mich den Anfechtungen der Realität aussetze.

Mit seinen Stummelarmen rudernd versuchte mich der Präsident davon zu überzeugen, daß er »ein Mann von Bonhomie« sei, und ich sagte: »Stimmt, das ist das freundliche Wort für Tölpeltum, Ihre Selbsterkenntnis ist erstaunlich, Mister!« Er ging auf meine tödlich richtige Übersetzung seiner Lieblingsvokabel nicht ein, sondern versuchte mir auseinanderzusetzen, daß er das anders gemeint habe mit seiner Liebe zum Volk. Das war eine Masche von ihm. Immer behauptete er, seine dummen Worte anders gemeint zu haben. Als Richter war er im Verdrehen von Aussagen geübt. Das verfing allerdings nicht bei mir.

»Keine Ausreden, Baby, du bist fällig«, sagte ich. Diese alte Heulsuse von Präsident hatte nämlich nach seiner beziehungsweise ihrer Wahl noch eine weitere Unverschämtheit begangen. Ein Journalist hatte sie beziehungsweise ihn gefragt, ob er Patriot sei. Darauf hatte der Präsident eine Weile sinniert und dann wägend gesagt, daß sei nicht einfach zu beantworten. Obwohl es doch hier endlich einmal eine schöne klare Antwort gäbe, nämlich: Nein! »Patriot, das ist ein großes Wort«, sagte er, und ich hatte schon geglaubt, er sei nun doch so aufgeschlossen oder wenigstens so clever, sich von diesem fiesen Jubelwort zu distanzieren. Ich hatte mich schon darauf eingestellt, meinen gesunden Zorn auf ihn wegen seines Volksliebhabereigeständnisses etwas zu drosseln, da sagte dieser Mensch nach einigem bonhomiehaften Herumgedrucke, ein Patriot zu sein sei nicht einfach, er wisse nicht, ob er den Ehrentitel »Patriot« so einfach annehmen dürfe, vielleicht müsse er sich ihn erst im Laufe seiner Dienst- oder Amtszeit verdienen.

Diesen Schmarren würde er im nachhinein nicht mehr gemütlich als mißverstandene Koketterie interpretieren können, das war zu dick und eindeutig. Das war auch so christentümelig. Der echte Superchrist behauptet ja auch stereotyp, ein schlechter Christ zu sein und emsig betend darauf hinzuarbeiten, endlich ein guter zu werden.

Mein Gott, man hat sich an diese Knülche und Knoten schon so gewöhnt, man lächelt schon selbst ganz dümmlich zu ihrem stickigen Gefasel. Vor allem hat man sich daran gewöhnt, daß solche Leute immer wieder den Glauben festigen, der uns offenbar lieb geworden ist, den Glauben nämlich, daß eben nur solche Leute hochkommen, weil eben nur der unschöne Schaum oder Abschaum hochkommt und zuverlässig oben schwimmt. Jedem Scheißer, den das demokratische System nach oben spült, kommt daher eine gewisse Bedeutung zu: Als säkularisierter Gottesbeweis für dieses trostlose Naturgesetz der Demokratie hat er tatsächlich einen Wert. Vermutlich will der Mensch beziehungsweise der Bürger das Paradies nicht. Er braucht offenbar immer wieder einen Grund zum Kopfschütteln. Deshalb sind die Aussichten gering,

daß sich passable Figuren durchsetzen. Denn seit Abschaffung der absoluten Monarchie will der Bürger eigentlich keinen Respekt mehr vor den Machthabern haben. Man will beileibe keinen Diktator, der einen unterjocht, also paßt man ein bißchen auf und sorgt dafür, daß die ungefährliche Mittelmäßigkeit nach oben kommt. Anders ist es nicht zu erklären, wieso sich seit Jahren die pampigsten Spießer an der Spitze tummeln.
Die Dummheit des Wahlvolks allein kann dafür der Grund nicht sein. Deshalb dieser Kanzler, der nur äußerlich ein bösartiges Ungetüm ist. Die Mehrheit war bisher jahrelang bereit und wird womöglich noch eine gute Weile bereit sein, die Aufgeblasenheit und den harmlosen Blödsinn hinzunehmen, der aus der machtgeilen Bulldozzergosche quoll und quillt und quellen wird. Die Fragen: »Wieso nehmen wir das hin? Wie halten wir das aus?« gehören längst zum Ritual der Abendandacht, die der weltliche Demokrat während der Fernsehnachrichten abhält. Auch das ist Religion und Opium fürs Volk. Das von der Mehrheit gewählte Monster wird nicht zum Teufel geschickt, weil es von dem Problem ablenkt, was wir hienieden eigentlich sollen, bitteschön. Statt der lästigen Frage nach dem Großsinn, nämlich warum fast ein jeder so lange sein Leben aushält, das schließlich mit dem Tod endet, fragt man sich lieber stellvertretend und weniger schmerzhaft, warum man diesen Kanzlerfettsack so lange aushält, amüsiert sich ein bißchen und geht zu Bett –, während der arbeitswütige Dickhäuter vermutlich im Hubschrauber sitzt und prustend zur nächsten Wahlveranstaltung fliegt.
Ich selbst war keineswegs müde, ging, beschwingt von mei-

nen plausiblen Gedanken, im Hotelzimmer auf und ab, und, obwohl ich die Rechnung nicht selbst würde zahlen müssen, ärgerte ich mich darüber, daß ein solches Zimmer, in dem man nicht einmal richtig auf und ab gehen konnte, ohne sich an den miesmodernen Möbeln zu stoßen, so ein Heidengeld pro Nacht kostete. Wenn ich wirklich zuschlüge, überlegte ich mir, wenn ich wirklich all die Tölpel an der Spitze erledigte, würde die anfängliche Erleichterung der Bevölkerung vermutlich rasch in eine erhebliche Sinnkrise münden.

Für meine These von dem notwendig oben schwimmenden Schaum oder Abschaum sprach übrigens auch, daß die Mitglieder der roten Oppositionspartei (die sich selbst halb metallarbeiterhaft, halb nostalgisch »Sozis« nannten, obwohl sie eher an flatternde Rotkehlchen erinnerten) eine Figur als Spitzenmann aufgestellt hatten, an der man nur herumnörgeln konnte. In Hannover Town gab es einen, der vielleicht ein bißchen souveräner war, aber die Parteibonzen wußten natürlich, daß seine Herrlichkeit, das Wahlvolk, keinen souveränen Kanzler über sich duldete. Das Wahlvolk will einen Arsch, in den es treten, oder einen Oberlehrer, den es mit Papierkügelchen bewerfen kann. Aber so weit durfte ich nicht denken. Dafür war ich nicht zuständig. Ich war der Mann fürs Grobe. Zunächst ging es darum, ob und wie man solche Leute wegputzt – oder nicht. Nach mir die Sintflut.

Ich rief Sina an, mit der ich doch erst für morgen verabredet war, und sagte ihr auf den Kopf zu, sicher habe sie sich deswegen heute noch nicht mit mir treffen wollen, weil sie ihre Tage habe, und nach der jahrelangen Pause halte sie das für keinen guten Einstieg, stimmt's? Es stimmte. Sie lachte. Die Sicherheit meiner intimen Instinkte machte ihr Spaß und glich hoffentlich die Selbstgefälligkeit ein wenig aus, die meine Vermutung unvermeidlicherweise begleitete. Ich sagte ihr, daß der sündhaft teure Preis für das verdammte Zimmer nur dann gerechtfertigt sei, wenn man die Bettwäsche total versaue. »Schmeiß dich in ein Taxi und komm bitte sofort!« Das leuchete Sina ein. Sie war noch ganz die alte.

Gegen vier Uhr morgens erhoben wir uns. Wahnsinn, wie das Bett aussah. Kein heimeliger Ort für die restliche Nachtruhe. Und da wir keine Lust hatten, die Minibar zu plündern und uns wie Luxusinhaftierte vorzukommen, gingen wir an die Hotelbar, die schon geschlossen war. Ich mußte scharf werden. Die können nicht solche Preise verlangen und dann den Barkeeper in die Heia gehen lassen! Daß ich, auch ohne mit dem Colt zu spielen, allein mit einem scharfen Ton sofort erreichte, daß ein müder Mann hinter den Tresen schlurfte, zeigte mir, daß ich noch nicht zum alten Eisen gehörte. Auch vor Sina war mir der kleine Auftritt nicht unangenehm.

Jetzt tat mir der Scotch mit Eis und Soda gut. Ich erzählte Sina, daß man hinter mir her war. Diesmal nicht, um mich hinter Gitter zu bringen, sondern weil meine alten Künste gefragt waren. »Warum holt man keinen Jüngeren?« sagte Sina. Wie meinte sie das? Sie merkte sofort, daß ich gekränkt war, schob mir ihre Zunge in den Mund, deutete in Richtung Hotelzimmer und lobte zufrieden meine alte Ausdauer. Ich sei nicht der Mann, der Komplexe zu haben brauche. »Keiner der Youngster ist heute noch in der Lage – «, sagte sie so laut, daß der Barmann es mithören mußte, und dann leiser in Richtung meines rechtes Ohres: » –

einen veritablen Politarsch wegzuputzen oder ihm wenigstens gegen das Schienbein zu treten.«
Ich erzählte ihr von meinen verschiedenen Bedenken und auch vorsichtig von Elena und Inez. Marguerita ließ ich lieber aus. Von meinem ruhigen Leben im Süden erzählte ich, von meiner unbequemen Hängematte, von meiner Unlust, noch einmal zum Colt zu greifen, eine Schau abzuziehen und es den verdammten Säcken zu zeigen. Aber natürlich hatte ich dazu schon längst Lust. Ich merkte, daß Sina es merkte, aber sie war schlau genug, mir das nicht unter die Nase zu reiben, denn die Entschlossenheit des mit seiner Unentschlossenheit noch kokettierenden Mannes löst sich bekanntlich in ein Nichts auf, wenn sie zu früh enttarnt wird.
»Es täte diesem Scheißland wirklich gut, wenn du es noch einmal knallen läßt«, sagte Sina, und es klang nicht so, als wolle sie mir schön tun. Man hatte ihr gekündigt. Ihren Architektenjob war sie los, und sie schob die Schuld sofort auf die Regierung, was mir nicht zwingend einleuchtete, aber solche stimmungsverderbenden Einwände muß man verschweigen. Meine Theorie über den Abschaum interessierte sie nicht. Sie erinnerte mich wieder an den Präsidenten und daran, daß es vor Jahrzehnten einen gegeben habe, der auf die Frage, ob er das Volk liebe, gesagt hatte: »Ich liebe nicht das Volk, ich liebe meine Frau.« Und jetzt das! Dieser eklatante Rückschritt! Zwanzig Jahre nach dieser erfreulich schlagfertigen und klaren Äußerung erlaubte sich der erbärmliche Nachfolger, so zu reden wie zu Kaisers Zeiten. Als hätte es nie so etwas wie einen fortschrittlichen Ansatz oder auch nur ein frisches Lüftchen gegeben. Sina legte ihre Hand auf meinen Arm. »Los, zeig's den Af-

fen, zeig's dieser muffigen Maultasche!« Dann wanderte ihre Hand auf meinen Oberschenkel. »Hau die Scheißer weg!« Sie knabberte an meinem Ohrläppchen. Sina war in Fahrt. Zu meinem Entzücken bemerkte ich, daß sie die alte deutliche Sprache sprach, die heute kaum noch gesprochen wird.

Ich wollte Sina eigentlich fragen, wie man die schöne Bemerkung des längst verblichenen Präsidenten noch steigern könnte und ihr als Antwort vorschlagen: Ich liebe weder mein Volk noch sonst irgendwelche Völker, sondern nur meine Frau und meine Geliebte. Dann hielt ich es aber für besser, zum jetzigen Zeitpunkt meine privaten Interessen von den geschäftlichen zu trennen. »Versprochen«, sagte ich, »ich zeig' es ihnen, ich hau' sie weg!«

8 Der Schuß ins Leere

In der Nacht hatte ich nicht länger als eine halbe Stunde Gelegenheit gehabt, die Augen zu schließen. Jetzt merkte ich, daß mich die Unausgeschlafenheit munter machte. So war es früher auch immer gewesen, und ich nahm mir vor, in Zukunft nicht mehr so viel Zeit auf der faulen Haut zu liegen. Sina hatte sich mit den Worten: »Wir sehen uns!« von mir verabschiedet, eine Formel aus dem Geschäftsleben, die ich nicht mag, die sich aus Sinas Mund aber gut anhörte. Mit Sina würde ich rechnen können. Sina war die Frau, die einen Mann nicht im Stich läßt, wenn es drauf ankommt.
Weniger gut, was dann geschah. Um 11 Uhr sollte der Club der Gerechten im Kongreßhotel tagen. Ich freute mich jetzt und war gespannt darauf, den Häuptling zu sehen. Mittlerweile hatte ich Lust bekommen, den Auftrag zu übernehmen, wenn wir uns auf die Konditionen einigen würden, woran ich nicht zweifelte. Der Form halber würde ich noch ein unentschlossenes Gesicht machen und mich etwas bitten lassen. Wenn man sich anmerken läßt, daß man Blut geleckt hat, versuchen die Auftraggeber heutzutage sofort, den Preis zu drücken. Die Zahlungsmoral ist katastrophal. Früher hat man den Leuten gerne zu Jobs verholfen, die ihnen Spaß machten. »Unentfremdete Arbeit« nannte man das. Ein Ideal. Heute kann es schnell heißen: Wenn Ihnen die Arbeit gefällt, brauchen wir Ihnen doch nicht soviel dafür zu zahlen.
Ich suchte auf den Fluren des verdammten Kongreßhotels

nach einer Tafel mit dem Hinweis, in welchem Raum der
Club der Gerechten seine Tagung hatte, und fand nichts.
Wie nannte sich noch einmal der absonderliche Verein?
Mein Gedächtnis wurde auch nicht besser. Richtig: »Initiative der Akademiker zur Rettung der Republik« – geschmacklos-terroristisch IARR abgekürzt. Nichts zu finden. Auch das akademische Viertel längst überschritten.
Kompetentes Hotelpersonal nicht vorhanden. Die exotischen Zimmermädchen sind entzückend, jede einzelne
zum Abknutschen, wenn nicht zum sofortigen Heiraten,
aber sie wissen von nichts. Die konspirativen Akademikerkindsköpfe werden sich doch wohl nicht unter anderem
Namen hier einfinden?
Um halb zwölf erschien der Mann, der gestern das Hawaiihemd getragen hatte. Weil heute Sonntag war, mußte er
natürlich noch legerer gekleidet sein. Völlig zerschlissene
Pubertäts-Jeans. Er erklärte ohne große Anteilnahme, daß
etwas dazwischengekommen sei. Die geplante Besprechung der Initiative falle aus. Der Häuptling lasse sich entschuldigen und schlage vor, sich in kleinem Kreis zum
Abendessen zu treffen.
Ich kann es nicht leiden, mit dem Zeitplan durcheinanderzukommen. Das ist keine Alterserscheinung, das
mochte ich früher auch nicht. Ich ging auf die Terminverschiebung ein und war sofort wütend auf mich. Den
ganzen Nachmittag haßte ich meine Nachgiebigkeit, haßte den Häuptling und seinen Club und natürlich den Präsidenten. Ich mag es auch nicht, beim Essen Geschäfte zu
besprechen. Das macht versöhnlich. Das kann ich mir
nicht leisten. Ein Revolverheld, auch ein ehemaliger, tut
das nicht. Hat jemand jemals einen Rächer beim Tafeln

gesehen? Essen ist gemütlich, und Gemütlichkeit ist der Tod der gerechten Rache. Die Bosse von der Eisenbahngesellschaft gehen mit den Farmern essen, wenn sie ihre Gleise durch deren Ländereien legen wollen. Mein Stil ist das nicht.

Der Häuptling kam mit drei Vertrauten. Er war mir nicht unsympathisch, aber ich hätte ihn mir etwas weniger wohlgelaunt gewünscht. Er hatte diese Initiative gegründet, und nun nahm er sie nicht richtig ernst. Obwohl ich Hunger hatte, bestellte ich kein Essen, um mich von diesen heiter speisenden Menschen abzuheben. Sie aßen und tranken und kamen nicht zur Sache. Ich erzählte von den Wahlvideos, die ich gestern gesehen hatte, und daß ich den Präsidenten zwar nicht für gefährlich halte, aber für eine peinlich patriotische Nuß. Nicht zum Verzweifeln, aber schon etwas ranzig. Wieder mal typisch, daß so einer das Rennen macht. Der Häuptling habe schon Recht gehabt mit seinen Beschwörungen. Man dürfe sich solche Käfer nicht gefallen lassen, man müsse sich mal vorstellen, welchen frischen Wind die Wahl des chancenlosen Kandidaten bedeutet hätte. Ein halbwegs normaler und vernünftiger Mensch habe keine wirkliche Chance. Daran habe man sich im Lauf der demokratischen Jahre schon gewöhnt, doch solle man nicht völlig vergessen, daß eben diese Tatsache ein Skandal sei. Es sei nicht einzusehen, sich sang- und klanglos mit dieser Wahl abzufinden. Zwar sei klar, daß ein Ochse gewählt wurde, auch wenn ein wohlgestalter Hirsch zur Verfügung stand, eine Kröte, wenn man auch eine hübsche Eidechse haben konnte, aber mit dieser Logik müsse man sich nicht abfinden. Ich sei jetzt nicht mehr so abgeneigt, dem neuen Mann für sein Geschwätz bei Gelegenheit eins aufs Dach zu geben. Man brauche sich nicht alles gefallen zu lassen.

Der Häuptling und die Seinen nickten matt zu meinen Worten, und ich dachte an früher, als meine Rede noch voller Feuer war und man sich wechselseitig zu großen Taten animierte.

Allmählich stellte sich heraus, daß der Club der Gerechten von seiner Präsidentenkritik Abstand genommen hatte. Kein Wunder, daß meine schönen Tiraden nicht zündeten. Diese Leute hier hatten mich herbeigelockt, sie hatten mir Filme gezeigt, mich aufgewiegelt, mich auf einen Feind angesetzt und scharf gemacht, und jetzt wollten sie mich zurückhalten. Es paßte ihnen nicht mehr ins Kalkül. Sie mußten es gestern schon gewußt haben. Der Häuptling stritt das ab. Nein, das hätte man mir sofort mitgeteilt, selbstverständlich, die Entscheidung, den Präsidenten zu schonen, sei erst heute Nacht gefallen.

Vor ein paar Tagen, als ich aus meiner südlichen Hängematte mit dem Häuptling telefonierte, hatte er mir versichert, daß sein Club mit keiner Partei irgend etwas zu tun hatte. Jetzt war klar, daß die scheinheilige Bande der großen Oppositionspartei zuarbeitete. Diese hatte auf die Präsidentenwahl empört und beleidigt reagiert. Der Club des Häuptlings hatte diese Empörung treu kultiviert und an mich weitergegeben. Delegiert gewissermaßen. Nun wurde der großen Oppositionspartei von allen Seiten vorgeworfen, eine schlechte Verliererin zu sein, und schon machte sie Rückzieher und nickte dem eben noch beschimpften neuen Präsidenten kooperativ zu. Und sofort hatte das entrüstete Kopfschütteln der windelweichen Clubmitglieder ein Ende.

Man hatte mich hintergangen. Man hatte mich auflaufen lassen. Ich erhob mich und ohrfeigte den Häuptling, der neben mir saß. Die Ohrfeigen wären kräftiger und wirkungsvoller gewesen, wenn wir über Eck gesessen hätten. Der Ober, der gerade Entenbrust brachte, wußte nicht, wo er hinsehen sollte. Der Häuptling sagte zu mir: »Das kann ich Ihnen nicht verdenken«, und leerte männlich sein Glas Rotwein. Ich bezeichnete ihn und seinen Club als scheißliberale Umfaller. »Mit den Liberalen haben wir nichts zu tun«, riefen sie im Chor.

»Ohne Taktik geht es nicht«, jammerten sie. Sie behaupteten, Informationen zu haben, wonach es Statements vom neuen Präsidenten gebe, die noch zurückgehalten werden müßten. Demnach sei der Mann nun doch ein erklärter Feind der Ausländerfeindlichkeit. Es sei zu erwarten, daß er sich mutig und mit deutlichen Worten gegen die ausländerfeindlichen Umtriebe zur Wehr setzen werde. »Frontal« werde er gegen die Rassisten vorgehen, hatte ein Clubmitglied vernommen. Man müsse froh sein, einen solchen Präsidenten zu haben.

»Einem Patrioten glaube ich kein Wort«, sagte ich und schlug vor, ihn erst mit mehr oder weniger sanfter Gewalt zu zwingen, den nach seiner Wahl verzapften Patriotenblödsinn zurückzunehmen. Ich erinnerte die klägliche Tischgesellschaft auch daran, daß der Präsident ein Mann von des Kanzlers Gnaden war. Und ein pampiger Sack, eine Vollnull, könne sich nur mit pampigen Säcken und Vollnullen umgeben. Ein Naturgesetz der Vermehrung. Das sei die Regel. Siehe den Verteidigungsminister, den Innenminister – alles irgendwie zugeschwollene Gestalten, Schwellnullen.

Dummerweise hatte ich das Stichwort »Regel« gegeben, und schon kam die konditionierte Bande hier mit der »Ausnahme von der Regel« daher, die der Präsident eben sei. Der Kanzler habe sich mit diesem unbequemen Mann eine Laus ins Fell gesetzt, Läuse müßten geschützt werden, Sand im Getriebe sei bekanntlich nötig, die IARR werde nicht gegen diesen Präsidenten vorgehen.

»Ihr habt nichts kapiert«, sagte ich. »Öl braucht das Getriebe bekanntlich, ihr Esel, ihr Wiederkäuer pathetischen Schulbuchschwachsinns. Ein Sack, der vorgibt, sein Volk zu lieben, ist nicht nur ein Nervtöter, er hat auch keinen guten Geschmack. Ausgerechnet dieses Volk! Wenn schon lieben, dann die rassigen Latinos«, sagte ich, als ich mich besann, daß ich der stolze Señor Donde war. Prompt warf mir die Tischrunde Rassismus vor, klar, das mußte kommen, und ich sagte, der nationale Selbsthaß sei das natürliche Zeichen einer höheren Kultur. »Das wird noch einige Zeit dauern, bis ihr das intus habt, ihr Affen!«

»Mein Gott«, klagte der Häuptling und ergriff gerührt meinen Oberarm, »wir würden gerne Ihre Wut nutzen. Können wir Sie nicht für den Kampf gegen andere Feinde gewinnen, der Kanzler ist ja auch noch da.«

Der Kanzler war mir zu billig. Der Kanzler ist ein Feind für Anfänger. »Am Kanzler mache ich mir die Finger nicht mehr schmutzig«, sagte ich, »und für euch lausige Bande schon gar nicht.«

Ich wollte mich umdrehen und großartig grußlos das Lokal verlassen, als mir das Wichtigste einfiel. Ich kam noch einmal zum Tisch der Versager zurück und sagte: »Das Honorar!«

»Schicken Sie uns das Flugticket und Ihre Taxibelege«, sagte der Häuptling, »zu einer honorarfähigen Zusammenarbeit ist es ja leider nicht gekommen.«

Der zwang mich tatsächlich, deutlich zu werden: »Wohl noch nie was von Ausfallhonorar gehört, wie?« Ich sagte das so bedrohlich wie möglich.

»Okay«, stöhnte der Häuptling, »legen Sie eine Rechnung bei.«

»Ich traue euch nicht«, sagte ich, »los, raus mit den Brieftaschen!« Es funktionierte noch. Ohne Waffe. Meine Stimme war scharf genug. Das gab mir Auftrieb. Schon lagen vier Brieftaschen auf dem Tisch, gespickt mit Kreditkarten. »Bargeld raus!« Das fing jetzt an, mir Spaß zu machen. Vier Portemonnaies wurden auf den Tisch gelegt. »Scheine raus!« Die Scheine wurden entnommen. Ein Satz wie »Keine krummen Touren« lag mir auf den Lippen, aber ich beherrschte mich. »Abzählen!« sagte ich zum Häuptling. Es waren knapp Dreitausend. Der Häuptling seufzte erleichtert auf, als müsse ich damit zufrieden sein. »Seid ihr verrückt«, sagte ich. Mit diesen paar Scheinen war gerade mal der Aufwand abgegolten, den mich das Telefongespräch mit dem Häuptling neulich gekostet hatte. Das war eindeutig eine honorarfähige Beratung von mir gewesen. »Noch Zehntausend drauf, und ihr seid mich los«, sagte ich so kalt wie möglich. »Nein, keine Kreditkarten.« Der Häuptling hob hilflos die Schultern, ein Mitdreißiger mit Pferdeschwanz suchte vergeblich nach einem Scheck.

»Sie hören von mir«, sagte ich und verließ grußlos die verwirrte Runde.

9 Wanted

Wie immer, wenn ich von einer Reise heimkehrte, war die Stimmung zu Hause ausgezeichnet. Inez und Elena hatten meine Abwesenheit ausgenützt und eine Palme an der Terrasse und eine Bougainvillea an der Mauer gepflanzt oder pflanzen lassen. Ich bin zu solchen Gartenarbeiten nicht zu gebrauchen. Ich boykottiere sie. Ich kann das mit meiner Würde als Wüstling nicht vereinbaren. Wer einst die Mächtigen in Angst und Schrecken versetzte, kann keinen Spaten anfassen. Mir jedenfalls fehlt dazu die Größe. Andererseits kann ich nicht in der Hängematte liegen und den Frauen oder einem bestellten Gärtner beim devoten Graben in der Erde zusehen. Es gab schon oft Krach deswegen. Ich konnte schlecht sagen: Ich bin mir zu fein dazu! Das war zwar die Wahrheit, aber albern. Ich konnte auch nicht sagen: Wenn ich mich bücke, wenn ich schleppe und schaufle, tut mir danach tagelang der Rücken weh. Auch das war die Wahrheit, aber die wollte ich nicht wahrhaben. Ich darf hier an mein Alter erinnern. Jahrelang summt man »When I'm sixty four« vor sich hin, und wenn es plötzlich soweit ist, hält man es nicht für möglich. Also sagte ich: Ich sehe nicht ein, warum ich mühsam Büsche und Bäume pflanzen soll, die erst nach meinem Abtreten ihre volle Pracht entfalten. Das war eine Ausrede und doch auch die Wahrheit.

Die Palme und die Bougainvillea sahen nicht schlecht aus. Ich mag Pflanzen, die ich nicht selbst in die Erde setzen muß. Ich mag übrigens auch Kinder, wenn ich sie nicht zeugen muß. Das Zeugen ginge ja noch, aber die Verantwortung will ich nicht haben.

Ich schimpfe immer auf Flugzeuge und Flughäfen, aber natürlich war der Flug zurück von der Hauptstadt bequemer gewesen als früher die Ritte in wackligen Kutschen und stinkigen Eisenbahnen oder gar auf dem Rücken der Pferde. Marguerita war für drei Wochen bei ihren Eltern. Mit ihren 44 Jahren war sie die Jüngste von uns, und ihre paar Fältchen weniger um die Augen waren eine ständige Anfechtung für die knapp zehn Jahre älteren Inez und Elena.

Wir tranken Pfirsichbowle, und dabei wurde ich von Inez und Elena beiläufig gefragt, ob ich in der Hauptstadt sauber geblieben sei. Nach einer Nacht wie der mit Sina fühle ich mich immer besonders wohl und gereinigt, und so sagte ich wahrheitsgemäß: »Aber ja doch!« Inez seufzte und sagte: »Du bist auch nicht mehr der Alte.« Wenn man nicht mehr der Alte zu sein scheint, gilt man als alt, wenn man noch ganz der Alte ist, gilt man als jung geblieben. Wo bleibt da die Logik? Elena nippte an der Bowle und zerkaute obszön ein Stück Pfirsich. »Ich habe ihm noch nie ein Wort geglaubt«, sagte sie zu Inez.

Es hatte in den vergangenen Tagen ein paar Anrufe gegeben. Man erinnerte sich in verschiedenen Staaten plötzlich wieder an mich und meine Fähigkeiten. Ich sage immer »Staaten« – eine alte Wildwestmanier. Richtig heißt es »Länder«. Die Länder haben Landeshauptstädte mit Landesregierungen. In denen sitzen größtenteils Stinkstiefel, die alle furchtbar nervös sind. Man hat ihnen den Floh ins Ohr gesetzt, es gehe um die Wurst, und die Affen glauben das oder tun so, als ob sie es glaubten, oder wollen es zumindest das Wahlvolk glauben machen. Dabei war es ein stinknormales Stinkstiefeljahr. Nur weil es ein paar Wahlen mehr als üblich gab, nannten sie es marktschreierisch »Superwahljahr«. Diese Sonderangebotssprache paßte gut zu der ganzen miesen Geschäftigkeit. Komisch, kein Mensch würde heute noch auf die Idee kommen, die Verheißungen der Werbung ernst zu nehmen und sich auch nur darüber aufzuregen, daß wir angelogen werden. Den Versprechungen der Politiker und der Parteien aber wird insofern noch immer erstaunlich viel Glauben geschenkt, als man sich die rührende Mühe macht, ihre Slogans als falsch und austauschbar zu entschlüsseln, wie man es vor vielen Jahren auch bei den Waschmitteln gemacht hat. Der Wähler ist heute naiver als der Konsument. Während der Konsument niemals an die Superwaschkraft des weißen Pulvers geglaubt hat, fällt der Wähler auf das Geschwätz vom alles entscheidenden Superwahljahr herein, mit dem die Politiker parteiübergreifend Aufmerksamkeit für ihr erbärmliches Handwerk erregen wollen.

Kein Altkanzler, kein Ministerpräsident, kein höherer Parteibonze, kein fixer Medienvollmond, der nicht ein Buch vorlegt, in dem das angebliche Jahr der Entscheidung beschworen wird, die kostbaren Wonnen der gefährdeten Demokratie besungen, vor Rechts- und Linksextremismus gewarnt, vor der Politikverdrossenheit Kreuze geschlagen, das Einmischen und die Zivilcourage propagiert und die Ausländer zu Menschen erklärt werden. Es wird gemahnt und verkündet, als nahe der Tag des jüngsten Gerichts. Vor allem das Ansehen der Nation im Ausland darf um Himmels willen nicht verspielt werden, lautet einhellig die Devise der Schrebergärtner. Schluß mit dem Schweigen.

Schweigen ist schuld. Aber mit dem Reden soll auch Schluß sein. Handeln ist angesagt. Handeln statt reden. Am Ende steht die Tat. Es wird faustisch. Handeln für unser Land, redet ein Buchtitel den verunsicherten Bürgerkunden ein, die sich schon ganz unnütz vorkommen in ihrer Tatenlosigkeit.

In dieser Stimmung des Tatendurstes erinnerten sich offenbar einige Leute an mich. Ihr Gewissen pochte, sie hatten sich von den Sprüchen der Mahner und Warner animieren lassen und nahmen vor allem die Losung ernst, daß man die Politik nicht den Politikern überlassen dürfe. Sie wollten das übliche: mehr Ausländer und weniger Atomkraft, höhere Benzinpreise und weniger rechte Säue in der Landschaft. Sie hatten das Bedürfnis, sich dafür zu engagieren, aber nicht genug Zeit. Deswegen wollten sie mich engagieren. Ich sollte es wieder mal krachen lassen. Nachdem sie mich ein paar Jahre nicht hatten brauchen können, weil meine Methoden zu unseriös waren, fiel es ihnen nun ein, daß ich helfen könnte. Ich fühlte mich geehrt und bat die Señoras, für den Fall, daß wieder jemand anrufen sollte, den Bittstellern auszurichten: Der Señor läßt mitteilen, macht euren Scheiß alleine.

Dann schrieb ich vergnügt eine Rechnung an den Club der Gerechten, dessen offiziellen Namen ich mir nur schwer merken konnte: Initiative der Akademiker zur Rettung der Republik e.V. IARR. Verrückt. Lächerlich. Dreitausend hatte ich mir in bar von diesen Versagern genommen. Zehntausend plus Mehrwertsteuer plus Spesen stellte ich in Rechnung. Ich tippte mit meiner malerischen Nachkriegsschreibmaschine Marke Merkur – Weltkrieg eins übrigens, und wer das treue Ding beziehungsweise mich nostalgisch nennt, der kriegt es mit mir zu tun. Ich möchte gefälligst alte Sachen benutzen können, ohne mir von den Innovationspapageien niedliche Rückständigkeit vorwerfen zu lassen. Ich tippe auf die Rückseite eines alten Steckbriefs. Man hatte mich vor Jahren tatsächlich einmal gesucht. Ich war damals gegen einen Unternehmer vorgegangen. Die Unternehmer haben schon immer weniger Spaß verstanden als die Politiker. Ein Fleischfabrikant oder etwas in der Richtung war der gewesen. Nachdem er im Wilden Westen bereits alles aufgekauft hatte, wollte er sich im Norden und vor allem im Osten breit machen. Er duldete sozusagen keine anderen Rinder neben sich. Gegen solche Schurken ist kein legales Kraut gewachsen. Expansion ist nicht verboten. Im Gegenteil. Kurbelt die Wirtschaft an. Und wer verspricht, die Wirtschaft anzukurbeln, darf fast alles. Es herrscht die hemmungslose Gier nach einer gut geschmierten Wirtschaft. Talsohle lang genug durchschritten! Kräftige Konjunkturspritze angebracht! Vom Aufschwung nicht nur reden! Man braucht nur ein paar solcher Zaubersätze in einer Landtags- oder Stadtratssitzung fallenzulassen, schon ist alles Feuer und Flamme. Vom Bankdirektor bis zum Bürgermeister und Staatssekretär, alle nicken begeistert. Die Leute können den verbrauchten Unsinn nicht oft genug hören. Wenn es um Arbeitsplätze geht. Richtiger, wenn sich Arbeitsplätze als Grund für ein Geschäft vorschieben lassen, werden krumme Touren von der Politbande sofort billigend in Kauf genommen. Erlaubt ist zwar nach wie vor nicht, was gefällt, wohl aber, was Arbeitsplätze schafft. Daß dabei dutzendweise die Existenzen kleinerer Rinderzüchter und Cowboys ruiniert werden, kann die Arbeitsplatzbeschaffungsfetischisten nicht auch noch scheren.

Gegen solche Typen half nur der Mann, den sie Joe West nannten. Das ist einige Zeit her. Auch damals kam eine Delegationen von Verzweifelten und Geschädigten. Sie brauchten mich nicht lange zu bitten und zu überzeugen. Ich hatte schon am nächsten Tag meinen Gaul gesattelt und war losgeritten, um mir den Drecksack vorzuknöpfen. Was ich im einzelnen mit ihm angestellt habe, weiß ich heute nicht mehr. Meine Gewaltanwendung wird sich wohl in Grenzen gehalten haben. Weil diese üble Kreatur aber einige Sheriffs und Gerichte auf seiner Seite hatte, behauptete sie, von meinen Attacken zutiefst geschädigt worden zu sein, und ließ mich tatsächlich suchen. Wanted. Absurde Belohnung auf meinen Kopf. Das hatte es noch nie gegeben. Leute wie ich operierten immer an der Grenze der Gesetze. Ein bißchen »der Gesetzlose« zu sein, gehörte quasi zum Image, und die Gerichte waren in der Regel vernünftig genug, diese Grauzone zu dulden und nicht unbedingt aufklären zu wollen. Man ertrug das Treiben der wenigen gerechten Gesetzlosen, wie man ein Gewitter erträgt, das schließlich die Schwüle beseitigt. Jemand hat meine Aktionen damals als »außerparlamentarisches Korrektiv« bezeichnet. Ich war einerseits stolz auf diese Definition, war es mir andererseits aber auch schuldig, sie als Klugscheißerei zu verlachen.

Die meisten Leute waren für meine Knallerei, und wer die Mehrzahl auf seiner Seite hat, genießt in der Demokratie einigen Schutz. Ich war eine Verkörperung des natürlichen Hasses auf die Obrigkeit. Nur diesem Großrinderschlächter war es gelungen, einen Haftbefehl zu erwirken. Mein

Steckbrief hing tatsächlich in einigen Saloons, die von reaktionären und rechtsradikalen Wirtinnen und Wirten betrieben wurden. Es waren nicht viele, ehrlich gesagt. Meine Auftraggeber protestierten sofort und sahen darin gleich ein bedrohliches Zeichen für einen Rechtsruck der Gesellschaft. Ich weiß nicht. Das heißt: Ich weiß schon. Ich will mich nicht zum Märtyrer machen lassen von solchen Einäugigen. Denn was immer man gegen unseren Drecks- oder Rechtsstaat sagen will, kann und muß, er hat kapiert, daß er sich eine Menge Kritik gefallen lassen sollte, wenn er bestehen will. Man kann sich einiges erlauben.

Das sollte ich vielleicht nicht allzu laut sagen. Es ist taktisch unklug. Der echte Kämpfer muß jeden Fehler ausnützen, den der andere macht. Ich hasse das. Ich lache gern über die Fehler der anderen. Leute wie mich mit einem Steckbrief suchen zu lassen, war ein Fehler. Der Gegner hatte mir damit eine Art Rohargument gratis überlassen, das ich triumphierend zu einem edlen Stein hätte schleifen können: Seht her, ich bin ein Verfolgter. Aber das ist nicht meine Art. Ich bin kein Taktiker. Kein Schachspieler. Ich deute nicht gerne zeternd auf meinen Gegner und weise auf sein Unrecht hin. Ich schlage ihm lieber ins Arschgesicht und entferne mich rechtzeitig.

Deshalb verrate ich an dieser Stelle meiner zunehmend memoirenhafter werdenden Erinnerung, daß mich dieser Steckbrief damals in keiner Weise gefährdete. Wer mich hätte verhaften wollen, wäre ein Idiot gewesen und obendrein von Klügeren daran gehindert worden. Intelligente Menschen amüsierten sich über den völlig aussichtslosen Aufruf zu meiner Ergreifung, der meinen Marktwert als Rächer der Enterbten nur erhöhte. Demnächst werde ich allerdings in einer ruhigen Stunde heftig darüber nachdenken, ob womöglich wir damals mit unserer Kritik und unserem Hohn dazu beigetragen haben, den Staat so windelweich und liberal zu machen, daß er die rechten Säue noch mehr schont als uns. Es gab ja auch linke Kinder, die ihre Eltern so nachgiebig gemacht haben, daß sie nun zu den ekelhaften rechten Enkeln stinkfreundlich sind, anstatt ihnen den Hintern zu versohlen.

Man soll nichts mehr verschieben, wenn man so alt ist wie ich. Deshalb gleich an Ort und Stelle kurz zu Ende gedacht. Was heißt zu Ende. Ich vermeide Modewörter so stur und artig, daß ich eigentlich zur Belohnung und aus Jux einmal ein besonders dämliches verwenden darf: »andenken« nämlich. Das paßt hier. Das Verb, nicht das Substantiv »Souvenir«. Andenken ist ein Managermodeverb. Eine massentierhaltungsgeeignete Rindertränke in Arizona für sieben Millionen Dollar würde uns die Anstellung von 300 Teilzeitcowboys ersparen, denken Sie das mal an, meine Herren. Also: Ich denke an, andere sollen weiterdenken. Stichwort: Erziehung der Obrigkeit. These: Die Obrigkeit läßt sich erziehen, aber Vorsicht, der Schuß kann nach hinten losgehen. Unterthese eins: Der Fehler war, die Obrigkeit nur weich gemacht zu haben, aber nicht einsichtig. Unterthese zwei: Wenn selbst die Intellektuellen den Kopf verloren haben und zu blöd sind, zwischen rechts und links zu unterscheiden, wie soll das dann die schwerfällige Obrigkeit können. Schlußgedanke: Die Intellektuellen müssen sich ein Schema ausdenken, nach dem wieder zwischen rechts und links unterschieden werden kann. Schlußaufruf: Entlassung aller Idioten, die je rechts und links gleichsetzten.

Um noch einmal auf meine Steckbriefe zurückzukommen. Es waren seinerzeit nur wenige ausgehängt und viel zu viele gedruckt worden. Die 2000 übrigen gelangten in meinen Besitz. Seitdem verwende ich die Rückseiten als Briefpapier. Elena findet das affig, Inez zieht die Schultern hoch, Marguerita sagt, das sei etwas sehr komisch. Trotz der Kritik lasse ich nicht ab von meinem Briefpapier und behaupte, ich sei umweltbewußt, weil ich nicht unnötig wertvolle Regenwaldbäume mißbrauche. Damit mache ich die umweltfreundlichen Señoras mundtot.

10 Das Lied vom Ende

Ich bin oft angegriffen worden in meiner Laufbahn als Aktiver. Ich sage das so dahin: »als Aktiver«. Aber was war das noch mal, ein Aktiver? Hoffentlich nichts Militärisches. Ich hasse das Militär. War nicht einst die filterlose Zigarette eine aktive im Gegensatz zur Filterzigarette, oder die fertige im Gegensatz zur gedrehten?

Wer austeilt, muß einstecken können, so heißt ein vorschneller Spruch. Ich will ihn modifizieren. Wenn du zehn Mal austeilst, mußt du ein Mal einstecken in Kauf nehmen. Mehr nicht. Einstecken tut nicht gut. Es macht dich nicht hart, sondern dumm. Wenn es so weit ist, daß du mehr als zehn Prozent einsteckst, solltest du besser aufhören. Wir sind schließlich keine Corpsstudenten.

In meiner Zeit als Berufsrächer, als Salonterrorist, wie ich manchmal durchaus wohlmeinend genannt wurde, habe ich nicht viel einstecken müssen. Ab und zu hatte ich mit einer Spielart des Einsteckens zu tun. Und zwar mußte ich mir immer wieder grimmige Vorwürfe wegen meiner Honorarforderungen anhören. Weil ich auf anständiger Bezahlung bestand, wurden mir tatsächlich Geldgier, Söldnermentalität und fehlender Idealismus nachgesagt. Was den fehlenden Idealismus betrifft, bestätige ich den Vorwurf mit Vergnügen.

Es ist an der Zeit, endlich ein paar zusammenhängende Takte über Geld zu reden. Ich habe schon mehrmals Anläufe gemacht, aber es kommt in letzter Zeit immer etwas dazwischen, wenn ich die Honorarfrage anschneiden will.

Der Postbote bringt Post, über die ich mich ärgere, und schon vergesse ich, was ich über die Bedeutung von Rechnungen von mir geben wollte. Oder es gibt keinen Brief für mich, und ich ärgere mich noch mehr. Sina zum Beispiel. Sina, das Luder, läßt nichts von sich hören, obwohl ich ihr noch in der Hauptstadt geschrieben hatte. Eine solche Nacht muß schriftlich festgehalten werden. Unsere Verbindung darf nie-nie-nie abreißen, schrieb ich. Darauf kann ich doch eine Antwort erwarten.

Oder die Zeitung kommt, und die Meldungen bringen mich in Rage und lenken mich von meiner Philosophie des Geldverdienens ab – nein, das ist nicht richtig. Richtig ist vielmehr: Ich bin empört, weil die Meldungen niemanden mehr in Rage bringen, mich inklusive. Alle regen sich darüber auf, daß sich keiner mehr aufregt. Ich auch. Der Fraktionsvorsitzende der Regierungsparteien ist vor einigen Jahren Opfer eines widerlichen Anschlags geworden, seitdem ist der arme Mann ein wildledernes Leistungssymbol, ein leibhaftiger Triumph des zähen Willens, ein personifizierter Bonus gewissermaßen, und er braucht sich kaum noch Mühe zu geben, seine reaktionären Ansichten zu tarnen. Er keift und prustet immer wieder haarsträubenden Schwachsinn hervor, aber kein Haar sträubt sich. Daß auch ich zu diesen Ignoranten gehöre, gibt mir den Rest. Ignoranten ist das falsche Wort. Wir sind eher überfütterte Bescheidwisser geworden. Besserwisser sind wir nicht.

Oder es kommt im Fernsehen eine Meldung über irgendeine neue Schandtat eines Pols, und sie zeigen das entsprechende Ohrfeigengesicht dazu. Schandtat ist auch schon wieder das falsche Wort, denn getan wird so gut wie nichts. Schandwort wäre richtiger. Irgendwelche selbstgefälligen

Minister und der selbstgefällige Kanzler haben also wieder mal besonders schändlichen Scheiß geredet. Ab und zu kann ich darüber noch wie früher in heilige Weißglut geraten. Endlich erregungsfähig! Das Gefühl will ich dann auskosten und nicht abbrechen, indem ich das Lied vom profanen Mammon anstimme. Aber eine Frau taucht auf und bringt mich aus dem Konzept, oder es taucht keine auf, was mich noch mehr aus dem Konzept bringt. Nie komme ich zum Thema.

Das Nicht-zur-Sache-Kommen ist ein typisches Phänomen von Leuten, die sich zur Ruhe gesetzt haben. Ohne die Ablenkungen der Arbeit sollte sich eigentlich die Konzentrationskraft steigern, statt dessen verzettelt man sich besonders. Bekannt. Nur, daß auch ich nach meiner Karriere ein Opfer dieses verbreiteten Phänomens werden würde, hätte ich nicht gedacht. Offenbar bleibt auch ehemaligen Spitzenleuten aus der kleinen feinen Branche der Verhöhnungskunst, des Salonterrorismus oder wie immer man meine ehemalige Tätigkeit bezeichnen und einordnen will, diese hundsgemeine Schwäche nicht erspart. Solange man seinen Job tut, hat man zu wenig Zeit zum Denken, nachher zu viel. Wer denkt, greift nicht mehr ein. Weil die Lebensverlängerungsmedizin den Anteil der Rentner und Pensionäre immer größer macht, wird noch weniger eingegriffen, aber umso mehr räsoniert, lamentiert und vom Eingreifen geschwärmt.

Schon habe ich mich wieder von meinem Thema entfernt. Hier rasch meine These, ehe ich erneut auf Abwege gerate. Gute Taten nur gegen gutes Geld. Ohne anständige Bezahlung haftet der guten Tat das Pathos des konfusen Idealismus an. Man arbeitet präziser und mit der nötigen Skrupellosigkeit, wenn ein vernünftiger Lohn winkt. Unter einer guten Tat verstehe ich die Zurechtweisung unverschämter Politiker mit ungewöhnlichen und drastischen Mitteln. Das ist kein Hobby, sondern Arbeit. Der Politiker wird nicht schlecht bezahlt. Das Kontrollieren und Irritieren seiner seltsamen Arbeit verhindert Schlimmeres, es ist ein Beitrag zur Instandhaltung der Gesellschaft, es dient der Allgemeinheit und muß ebenfalls anständig bezahlt werden, meinetwegen auch mit Steuermitteln. Das Bestrafen und Entblößen von Politikern ist zwar eine Wohltat, aber sie wird nicht von einem Wohltätigkeitsverein ausgeführt. Es ist eine Kunst, und Kunst kostet Geld.

Die Señoras schlafen seit Stunden, während ich die Kühle der Nacht ausnütze, meine Eiswürfel im Glas und dazu meine Gedanken ein wenig kreisen lasse und mir nebenbei überlege, ob ich nicht einfach Sina, das Luder, anrufen soll, um sie zu fragen, was ihr einfällt, mir keinen Brief zu schreiben. Ich möchte übrigens nicht, daß hier der falsche Eindruck entsteht, ich sei ein Machomann, der sich von verschiedenen Frauen bedienen läßt. Niemand bedient mich, und ich bediene niemanden. Morgen früh bringe ich Inez einen frischen Granatapfel ans Bett, aber das ist kein Dienst, sondern eine Anspielung, und zwar eine dreckige. Meine familiären Verhältnisse gehen niemanden etwas an. Wir haben einen Modus gefunden, das war schwer genug, und nichts hat sich mehr gelohnt, als dafür zu kämpfen. Der Kampf gegen die Politärsche war dagegen harmlos und hat vergleichsweise wenig Gewinn gebracht. Gut, ich habe damit Geld und ein gewisses Ansehen verdient. Ich will nicht sagen, daß die Mühe vergeblich war. Aber es ist auf die Dauer ein unbefriedigendes Geschäft, jahrelang auf eine

Panzerechse einzuschlagen. Eine Sisyphostortur. Tut man es nicht, kommt man sich noch ohnmächtiger vor. Sich gegen das Unabänderliche zu wehren, ist ein Gebot der Menschenwürde. Unabänderlich ist natürlich nicht diese relativ harmlose dumpfe Null, sondern der dumpfe Geschmack von Zigmillionen Wählern. Aber die Volksmassen haben nun mal ein Faible fürs Paläontologische, stürmen in Dinosaurierfilme, tragen Dinosaurier-T-Shirts auf der Brust und Dinosaurier-Anhänger am Schlüsselbund. Es ist offenbar ein Urtrieb, für ausgestorbene Scheußlichkeiten zu schwärmen, weil sich der Mensch am Horror gerne weidet. Und da es nicht genug Ausgestorbenes gibt, nimmt man auch Vorlieb mit aussterbenden Figuren, mit lebenden Toten sozusagen. Kein Zweifel, daß der Kanzler zur aussterbenden Gattung gehört. Nichts anderes erklärt seine Beliebtheit. Egal, welche Null nach ihm kommt, sie wird nicht mehr so monströs, so schaurigschön kingkonghaft sein, nicht mehr diesen trivialen Unterhaltungswert haben. Jaja, ich weiß, wir sollen unseren Kindern einen reichhaltigen Globus hinterlassen, auf dem sich Gottes vielfältige Geschöpfe tummeln. Deswegen einen Typen oder Typus wie den Kanzler unter Artenschutz zu stellen, finde ich übertrieben. Solche hypertrophen Echsen sind Relikte, ihre Zeit ist vorbei, wenn nicht heute, dann morgen. Dann lieber heute als morgen. Die Schlüsselanhängerhersteller werden so oder so ein Geschäft mit ihm machen. Wenn er klug ist, stellt er seinen Körper unter Copyright und kassiert einen Pfennig pro verkauftes Stück von diesen Miniaturnachbildungen aus Hartgummi. Die Frage ist nur noch, welcher Firma nach seiner Abwahl der Auftrag von welchem Minister zugeschoben wird und wer dann wieder

gehen muß. Eine Frage ist auch noch, ob die Eins-zu-Eins-Nachbildung ins Historische Museum kommt oder ins Naturkundemuseum – in einen Schachtelhalmwald vor einem schön gemalten Kreidezeit-Panorama. Dazu die Lehrtafel: Seine Unempfindlichkeit war legendär, aber sie konnte sein Aussterben nicht verhindern.
Die Nacht ist kurz und nicht allein zum Spekulieren da. Deswegen verschiebe ich meine weiteren Überlegungen zu diesem Subjekt auf ein andermal. Wer Leute aus dem Weg räumen will, muß die Frage halbwegs ernst nehmen, wer oder was danach ans Ruder kommt – und damit an die Reihe, aufs Korn genommen zu werden.

11 Das Wimmern der Kälber

So alt und abgeklärt bin ich mit meinen 64 Geburtstagen noch nicht. Als ich vor vier Jahren beim Zusammenschluß der Oststaaten mit dem Wilden Westen meine letzte Schau in der Öffentlichkeit abzog und den Euphorikern und Pathetikern, den Schwenkern und Schwelgern und den Brüllaffen der nationalen Paarung nach allen Regeln meiner Kunst einheizte, hörte ich, wie zwei Mädchen nach einer meiner Darbietungen respektvoll flüsternd mein Alter schätzten. »Der ist keine fünfzig«, sagte die eine. Von diesen vier Worten habe ich lange gezehrt. Wie eine Diva. Den Señoras habe ich nie davon erzählt. Sie brauchen nicht alles zu wissen.

Denke ich aber an die Wahlen, fühle ich mich komischerweise uralt. Als hätte ich mit all dem längst nichts mehr zu tun. Vermutlich, weil die Rituale des Wählens mich an Kindereien aus einer Frühzeit erinnern, die Ewigkeiten zurückliegt. Der Gang ins Wahllokal kommt mir vor wie ein Rückfall ins Infantile, als würden Erwachsene plötzlich mit kurzen Hosen und einer Schultüte ausgestattet, um sich verlegen den Wünschen eines lästigen Gastgebers zu fügen, der sich ein albernes Gesellschaftsspiel ausgedacht hat.

Alles, was mit der Wahl zu tun hat, ist seit langem nur noch peinlich. Schon der Wahlkampf ist eine einzige Peinlichkeit. Der mäßige und unfreiwillige Unterhaltungswert steht in keinerlei Verhältnis zu den Kosten. Verzeihung! Ich hatte mir vorgenommen, das ausgelutschte Steuerzahlerargument zu vermeiden. Schwierig. Die Pols, diese Säcke, die ich versuchshalber eine Weile »Testikel« nennen könnte, obwohl ich schon merke, daß auch diese Bezeichnung nicht für die Politiker taugt, diese Testikel wiederholen sich unentwegt, sie reden ihr Leben oder ihre Laufbahn lang den gleichen Stuß. Wir aber, ihre Kritiker, sind gezwungen, uns ständig neue Angriffe auszudenken, möglichst »beinharte«, wie es heute heißt, sonst sieht und hört uns keiner zu. Daher ermüden und verschleißen wir natürlich schneller als die Polittestikel. Von denen erwartet das Publikum nichts anderes, als daß sie stur den gleichen Schleim produzieren, von uns aber immer wüstere, elegantere, raffiniertere Attacken. Auch ist man sich das als Rächer selbst schuldig. Die Kostenfrage des Wahlkampfs ist zwar ein richtiger, aber stinklangweiliger Einwand. Tut mir leid. Manchmal ist es verdammt schwer, auf normale Einwände zu verzichten. Der Wahlkampf ist allerdings nicht völlig wertlos. Er hat als Studienmaterial für die hartnäckigen Volksverblödungsversuche der Parteien einen gewissen Nutzen. Falsch! Ich muß erneut um Verzeihung bitten. Es ist verlockend, die Politiker zu dämonisieren und entsprechende Behauptungen aufzustellen, mit denen man sich billigen Beifall abholen kann. Es vereinfacht die Sache, die in Wirklichkeit komplizierter ist. In Wirklichkeit glauben weder die Wähler noch die Parteien an die unsäglichen Losungen, und die Werbeagenturen, die sie sich ausdenken, schon gar nicht. Der Sinn des Wahlkampfs und seiner hirnverbrannten Sprüche ist, wie so oft, ein indirekter: Dem Wähler wird mit all dem Unsinn ein Überlegenheitsgefühl vermittelt. Mit ihren unglaubhaften und täppischen Versprechungen geben die Parteien dem Wähler das gute Gefühl, ein Lügengewebe zu durchschauen. Wer blickt nicht gerne durch. Sie spendieren ihm mit ihren Märchen den Triumph, nicht an Märchen zu glauben, sich nicht verschaukeln zu lassen. Und die Wähler danken es. Kein Wähler glaubt an eine einfältige Devise wie »Aufschwung, Leistung, Arbeit«. Aber auch Kinder, die sich unglaubwürdige Ausreden anhören müssen, wenn sie Mutter oder Vater mit Lover oder Liebster im Lokal entdecken, verübeln den Eltern die Untat selten, weil die Lüge so fadenscheinig ist, daß die gefoppten Kinder sofort über die Schwächen der Eltern Bescheid wissen. Das Wissen, daß die Eltern krumme Touren machen, gibt den Kindern ein Machtgefühl, das ihnen mehr wert ist als blindes Vertrauen in Moralbeteuerungen. So nimmt auch er, der Wähler, den Parteien fast keine Lüge übel.

Elena zweifelt heftig an meiner Theorie, Inez schnieft skeptisch, und Marguerita lächelt süß und ungläubig dazu. Ich kann mir aber sonst nicht erklären, warum die Parteien so viel Geld für so offenkundigen Schwachsinn ausgeben. Im übrigen ist nur mit dieser Theorie zu erklären, warum so oft gerade diejenigen Parteien, die eben erst alle möglichen Affären und Bestechungsskandale hinter sich haben, die fetten Mehrheiten bekommen.

Erst neulich hatte es wieder eine Wahl gegeben. Weil der Hauptregierungspartei in den Südstaaten kurz vorher jede Menge skandalöses Geschmier nachgewiesen werden konnte, war die Wahlwerbung der anderen Parteien auf Sauberkeit ausgerichtet. Groteske Sprüche. »Wir bleiben sauber – versprochen!« – »Sachlichkeit statt Schmutz«. Gewählt aber wurde vor allem die Partei, die am meisten Dreck am Stecken hat. Großes Wehklagen auf der Animal Farm. Ist denn die Welt völlig aus dem Lot?

Der kritische Bürger jammert, der Statistiker blendet kühl seine immer konditoreihafter werdenden Grafiken in die Wahlsendung, und keiner gibt sich Mühe, den simplen Rätseln auf die Schliche zu kommen. Einst hieß es: »Nur die allerdümmsten Kälber wählen ihre Metzger selber.« Plausibler Reim, aber eben nicht mehr richtig. Wenn auch die Wähler brunz- beziehungsweise kalbsdumm sind, so besitzen sie doch eine Art Selbsterhaltungsinstinkt. Sonst wäre die Art schon längst ausgestorben. Sie ahnen, daß die Politiker keine dämonischen Metzger, sondern harmlose Emporkömmlinge sind, die in Ruhe ihre Schweinereien durchziehen, ihre fetten Würste fressen, ihren Ehrgeiz austoben, sich ihre Vorteile verschaffen und sich im übrigen an der Macht aufgeilen wollen –, aber möglichst immer schön brav im Rahmen der Verfassung.

Daß die größten Drecksäcke bei den Wahlen am besten abschneiden würden, hatten sie nicht einmal selbst erwartet, das war das Beste. Schiere Verzweiflung hingegen bei den Saubermännern und Waschfrauen. Da der Wähler nicht beschimpft, sondern auch in der bittersten Niederlage warmgehalten werden muß, schlucken die besiegten Pols, die einem sekundenlang leid tun können, ihr demokratisches Elend in sich hinein. Die Welt verstehen sie nicht mehr.

Zigtausende von Kilometern haben sie in der heißen Phase des Wahlkampfs zurückgelegt, Hunderte von Reden haben sie gehalten. Nun sind nicht nur ihre Stimmbänder ruiniert, ihr ganzes Lebenswerk scheint zertrümmert. Der geschlagene Parteivorsitzende nimmt die geschlagene Kandidatin in Schutz und beteuert sportlich, diese Person habe einen großartigen und engagierten Wahlkampf geführt. Im selben Atemzug schmeißt er sich an die verlorenen Wähler heran, gibt pauschal irgendwelche Fehler zu und verspricht artig, man werde sich in Zukunft noch mehr anstrengen. Den eigentlichen Fehler sieht er natürlich nicht: »Im Namen der Vernunft« und »Im Namen der Freiheit« haben sie die große Sauberkeit beschworen, aber daß solche Beteuerungen dem Wähler zu gebetsmühlenartig sein könnten, ist ihnen nicht eingefallen. Der Wähler ist wählerisch geworden, er will anders belogen werden, nicht so frömmelnd. Die Zeiten sind wie immer dreist und hart, und der Wähler, den man sich zu circa 40 Prozent so wie den Kanzler vorzustellen hat oder so wie den einen Südstaatenministerpräsidenten, also entweder widerlich möchtegernfett oder widerlich möchtegernschlank, zieht dreistere Versprechen vor. »Sicherheit und Arbeitsplätze« –, diese Lüge ist ihm lieber. Es ist ihm auch lieber, daß die Sicherheits- und Arbeitsplatzpartei schmierig und korrupt ist, das empfindet er unbewußt als menschlich. Denn kein normaler Mensch versucht nicht, das Finanzamt zu betrügen, kein normaler Mensch schart nicht sofort seine Freunde um sich, wenn er Einfluß hat, und flicht sich so ein gemütliches Nest aus Abhängigkeiten. Diese Figuren haben sich selbst als »Amigos« bezeichnet und versuchten ihre Machenschaften damit als Kavaliersdelikte herunterzuspielen. Indem diese flotte Bezeichnung auch von ihren Kritikern aufgegriffen wurde, ist ihnen dies tatsächlich gelungen. Empörung will gelernt sein. Wirft man seinen Gegnern Amigoverhalten vor, lachen sich die nur in die Faust. Da könnte man gleich die Menschheit verfluchen. Denn das Amigotum ist der Klebstoff, der die Welt zusammenhält. Ohne Protektion und Vetternwirtschaft bräche der Kapitalismus zusammen.

Früher hätte man das lustig gefunden. Nach dem Zusammenbruch des Sozialismus, ohne jegliche Alternative, sollte man mit der Zerstörung von Systemen vorläufig etwas vorsichtig sein.

So haben die Amigomachenschaften den Amigopolitikern erst die richtige Popularität verschafft. Denn das Amigowesen ist quasi praktizierte Bürgernähe, von der die anderen nur faseln. Dem Amigotyp fühlt sich der Wähler verwandt, und je unverblümter ein Amigo herumtrickst, desto mehr imponiert er. Wir leben im Wilden Westen, und der Feigling hat keinen Marktwert.

Dafür, daß ich kein Mann der Worte, sondern der Taten bin, finde ich meine Wahlanalyse astrein, und wenn Elena sich so seltsam störrisch dagegen verwahrt, muß das andere Gründe haben. Vermutlich hat sie mir übelgenommen, daß ich Inez neulich einen Granatapfel schenkte. Ein voller Erfolg übrigens. Ich werde Elena morgen früh mit einem Stück Netzmelone wecken. Mal sehen, was sie dann zu meiner Theorie sagt.

Für meine Theorie von der Lust des Wählers am Durchschauen falscher Wahlversprechen und der Förderung dieser Lust durch die geistesgestörten Wahlkampfparolen der Parteien und für meine Vermutung, daß die Parteitestikel selbst am wenigsten an die Schlachtrufe ihres Wahlkampfs glauben, spricht meiner Ansicht nach auch ein Indiz, das unlängst durch die Enthüllung eines famosen Journalisten ans Licht kam. Die Partei der großen Finsterlinge war mit einer klotzigen Plakataktion einen Schritt zu weit gegangen. Ohnehin durch ihre Korruptheit und Verfilzung schon bürgernah bis zum Erbrechen, hatten sich die Bonzen die Einrichtung eines sogenannten Bürgertelefons von einer gerissenen Werbeagentur ins Hirn hämmern lassen: Wählen Sie diese Nummer und unsere Politiker in der Hauptstadt stehen Ihnen Rede und Antwort. Sie geben Ihnen direkt aus der Parteizentrale Auskunft und raten Ihnen, was Sie wählen sollen. Das Stimmvieh sollte das aufregende Gefühl haben, mit seinem exklusiven Stimmviehanruf geradezu hotlineartig ins Innere des Orkans vorgedrungen zu sein – intime Berührung mit den Schalthebeln der Macht sozusagen –, und das alles zum Ortstarif.

Vielleicht hatten Partei und Agentur nicht damit gerechnet, daß irgendwelche Menschen tatsächlich anrufen würden, denn dazu gehört ja eine geradezu unermeßliche Einfältigkeit. Jedenfalls sahen sich die Parteipolitiker nicht in der Lage, am Bürgertelefon plausible Gründe für das Wählen ihrer Partei ab- und anzugeben, was ja auch nicht einfach ist. Bei keiner Partei ist das einfach, ich möchte diese Drecksarbeit des Begründens von Schwachsinn auch nicht tun müssen.

Da man der Anrufe in der Parteizentrale nicht Herr werden konnte und wollte, schaltete man sie unbemerkt zu der Werbeagentur irgendwo in der Provinz um, die sich den Wahlbürgerschleim ausgedacht hatte. Die wiederum behalf sich mit Studenten, denen Politik heutzutage bekanntlich völlig einerlei ist, die aber für einen guten Stundenlohn das absurde Theater mitspielten, sich in eine provisorische Telefonbaracke setzten und den ahnungslosen Anrufern vormachten, sie seien direkt mit einem kompetenten Parteipolitiker im Herzen der Hauptstadt verbunden. Die politisch uninteressierten Studenten machten sich weder ein schlechtes Gewissen noch die Mühe, das schrill tönende Parteiprogramm durchzulesen. Sie hatten ihren Spaß daran, mit den Anrufern pseudopsychologische Versuche zu machen und kommunikationswissenschaftliche Tricks auszuprobieren.

Indem man zum Beispiel die Frage einfach in eine Antwort verkehrt, kann man fast jeden Zaudernden befriedigen und ihm Spezialwissen vorgaukeln.

Frage: Ist es wahr, daß diese Partei die Sicherheit der Renten gewährleistet und Arbeitsplätze schafft und erhält? Antwort: Ich muß sagen, Sie haben mit Ihrer Vermutung völlig recht. Sie haben das auch sehr schön ausgedrückt. Ich könnte es selbst nicht besser. Es ist tatsächlich exakt so, wie Sie es sagen. Ja, diese Partei erhält nicht nur Arbeitsplätze, sie schafft auch Arbeitsplätze. Und was die Rentenversicherung betrifft, muß ich Ihnen ebenfalls recht geben. Vielen Dank für Ihr Interesse. Empfehlen Sie uns weiter. Auf Wiederhören.

Wenn die Angelegenheit auch aufgedeckt wurde, so wird man doch nie erfahren, wer wen mehr betrog. Natürlich waren einige Wähler naiv genug, von der ranzigen Einrichtung Gebrauch zu machen. Es täuschten aber umgekehrt genügend Anrufer Naivität nur vor. Sie wollten keine wirkliche Auskunft haben, sondern sich nur an dem Politgefasel weiden. Es geht nämlich die Lust um, Belege für die Hohlheit und Verlogenheit der Politiker zu sammeln. Diese Sammelleidenschaft als neuen Volkssport zu bezeichen, wäre übertrieben, leider. In besseren Kreisen aber pflegt man das Hobby gern und freut sich boshaft über jeden Beweis dafür, daß es Drecksbanden sind, die politisch anschaffen. Bestätigung alter, von den Beschuldigten immer wieder abgestrittener Verdachtsmomente ist nun mal erhebend. Diese Anrufer kamen hier besonders auf ihre Kosten.

Statt der erwarteten kapitalen Betrügerin wurde ihnen eine billige Prostituierte untergeschoben, die sich nicht einmal die Mühe machte, ihnen einen Orgasmus vorzuspielen. Dafür bekamen sie mit diesem Vorspiel zum Ortstarif einen weiteren köstlichen Beweis für die totale Unglaubwürdigkeit dieser durch und durch verkommenen Partei geliefert.

Juristisch interessant ist die Frage, ob der Straftatbestand des Betrugs sich vergrößert hat oder ob durch die Verdoppelung gar eine Aufhebung des betrügerischen Charakters eingetreten ist, so wie in der Mathematik zweimal minus einszweidrei zu plus werden kann. Auch logisch ist die Sache strittig. Wenn man sowieso absolute Nichtigkeiten zum Besten gibt, ist es dann nicht einerlei, ob die Null- und-Nichtigkeiten vom Original kommen oder zum Beispiel von gemieteten Studenten? Null bleibt in jedem Fall Null, egal, womit man das runde Nichts multipliziert.

Was die angeblich unschuldigen Leute angeht, die aus wirklicher Naivität in der scheinbaren Parteiführung angerufen haben, so sollten sie nicht empört vor dem Wahlkampfbetrug der Partei der Finstermänner in Schutz genommen werden. Wer eine Einrichtung wie ein Bürgertelefon benützt, ist so jenseitig brunzdumm, daß ihm nicht mehr zu helfen ist. Dessen Wohl und Wehe ist mir scheißegal, ehrlich gesagt. Dafür allerdings, daß solche Arschlöcher wählend mein Wohl und Wehe mitbestimmen, könnte ich jedem einzelnen von ihnen persönlich eins reinsemmeln. Aber es sind zu viele.

Wäre schon ein rechtschaffenes Bürgertelefon eine ziemliche Groteske, so hat die Sache mit den Politiker spielenden Studenten eine derart entzückende Pointe bekommen, daß jeder Versuch, sich ernsthaft darüber zu entrüsten, im eigenen Gelächter untergehen muß. Dieser Mechanismus hält die Politik zusammen: Die meisten dicken Hunde sind komisch. Wären die Pols nicht so aberwitzig dreist, so tollkühn verlogen, so hemmungslos unglaubwürdig, sie wären schon längst weg vom Fenster. Wenn wir sie überhaupt noch ertragen, dann nur als lächerliche Hampelmänner. Dieses Image ist der Preis, den sie für ihr Machthaben zahlen. Die meisten zahlen ihn bedenkenlos. Es scheint ihnen einerlei zu sein, daß sie vor allem zu unserer Unterhaltung beitragen und daß sie verschwinden müssen wie eine matte Fernsehserie, wenn sie uns nicht mehr ausreichend in Heiterkeit oder Geisterbahngrusel versetzen können. Was sie ebenfalls vor dem Sturz bewahrt und ihre irrwitzige Wiederwahl herbeiführt, ist unsere Ahnung von dem, was nach ihnen kommt: nämlich kein diabolischer Verführer, sondern ein paar freundliche Sachbearbeiter ohne Sinn für schillernden Betrug.

Das unter Snobs verbreitete Grausen vor diesem möglicherweise faden Verwaltungstypus ist unklug und einfallslos. Es ist höchste Zeit, das allgemeine Bedürfnis nach Unterhaltung aus anderen Sparten als der Politik zu beziehen. Nach dem Melonenessen am nächsten Morgen wurde Elenas Kritik an meiner Wahltheorie moderater. Den maßlosen Schwachsinn der Wahlkampfslogans fand sie damit allerdings nicht hinreichend erklärt und gab zu bedenken, ob der Grund für die debilen Wucherungen der Parolen nicht vielleicht darin zu suchen sei, daß die Parteien mit den Werbeagenturen langfristige Verträge abgeschlossen hätten, aus denen sie nicht mehr herauskämen.

Ich hatte übrigens keine Netzmelone mehr bekommen auf

dem Markt in diesem gottverdammten Kaff hier im Süden, vermutlich weil die leckeren Netzmelonen alle in die Feinkostläden der Großstädte verkauft werden. Du lebst im Süden und kriegst keine Netzmelone. Es ist zum Auswachsen. Du mußt in die großen Städte des Nordens gehen, um eine Netzmelone zu bekommen. Ich hatte mich mit einer gemeinen Wassermelone zufrieden geben müssen. Die Wassermelone hat auch Vorteile. Eine Netzmelone verspeist, eine Wassermelone frißt man. Man hat ständig diese schwarzen Kerne im Mund. Wenn man zu zweit einen Granatapfel verzehrt, hat das gemeinsame Schlucken der Kerne etwas Verbindendes, so als nähme man eine Liebesdroge zu sich. Beim gemeinsamen Essen von Wassermelonen verbindet einen das lässige Ausspucken der Kerne. Beide Früchte sind sehr empfehlenswert. Für ein anschließendes Gespräch über das Wesen der Wahl ist die Wassermelone besser geeignet, weil man mit dem Ausspucken der Kerne wunderbar seiner Verachtung ausdrücken kann.
Kerne spuckend beschlossen Elena und ich, die Politik- und Parteienverdrossenheit aufzugeben, die wir bisher umso leidenschaftlicher befürwortet hatten, je mehr vor dieser Haltung gewarnt wurde. Schluß mit der freudlosen Mißmutigkeit, mit dem grämlichen Verdruß, mit dem ewig negativen Genörgel an denen da oben. Die Politiker wehren sich zurecht dagegen. Besorgte Bürger hatten schon versucht, der grassierenden Verdrossenheit mit einem Aufruf zur Politiklust zu begegnen, was natürlich viel zu schlicht und redlich gedacht war und dem urigen Bedürfnis der Menschen nach Schadenfreude nicht entgegenkam. Natürlich, Unlust ist kein Zustand, aber die Lust muß es in sich haben. Was wir brauchen, ist die lustvolle Politikver-

achtung, heiter, scharf, gewitzt, schwungvoll und surrend wie ein ausgespuckter Melonenkern. So kamen Elena und ich überein, daß die souveräne Verachtung das Beste war, was der Wilde Westen je hervorgebracht hatte. Diese Tradition mußte bewahrt und belebt werden.

12 Der Rat war teuer

In der Blütezeit meiner Karriere wurde ich von einigen Schwärmern »Public Enemy« genannt nach dem gleichnamigen Film über einen Gangster. Aber »Staatsfeind« ist mir eine erstens zu bombastische und zweitens zu schiefe Bezeichnung. Auch war ich kein ungehobelter Großstadtganove, der seinen Bräuten Pampelmusenhälften ins Gesicht drückt, wenn sie zuviel reden.
Worauf ich immer Wert legte, war, nicht als Hofnarr oder Clown zu gelten. Es gibt simple Gemüter, denen nichts Besseres einfällt, als jedem den Clownstitel zu verleihen, der eine klare Sprache spricht und sich nicht vor den Ärschen der Macht oder auch nur den Ärschen der Mode verbeugt. Sie meinen es gut und kommen sich gebildet vor. Ich hasse das. Es ist beschränkt. Sie haben es auch bei mir versucht, allerdings nicht lange. Ich habe zu Clowns kein Verhältnis. Ich bin nicht sentimental genug für diesen netten Blödsinn. Sentimental werde ich nur, wenn Frauen meine Blicke nicht erwidern. Neulich an der Supermarktkasse. Diese Haare, diese Augen, diese tastentippenden Finger! Aber kein Lächeln. Nicht zu mir. Clowns haben keinen Sinn für Erotik, und wer keinen Sinn für Erotik hat, interessiert mich nicht. Und dann dieses Johlen des Publikums über irgendein vorgegaukeltes Mißgeschick. Ich kann Mißgeschicke nur komisch finden, wenn sie echt sind und nicht gespielt, und wenn sie das Gesocks an der Macht treffen. Und ganz besonders komisch finde ich es, wenn ich sie herbeigeführt

habe. Ich bin kein Clown. Ich will den Untergang von dem Gesocks.

Staatsfeind oder nicht, Honorarkrakeler oder Kanzlerschreck – wie immer man meine Rolle damals bezeichnen will: Ebenso plötzlich, wie ich nach meinem Abtritt von der öffentlichen oder halböffentlichen Bühne in Vergessenheit geraten war, erinnert man sich in letzter Zeit wieder an mich. Es hat sich offenbar herumgesprochen, daß ich nicht gestorben bin und auch nicht verfettet an Luxusstränden liege und mit geflohenen italienischen Politmafiosi Bridge spiele.

Der Grund für dieses Interesse liegt natürlich nicht in meiner Person. Ich bin realistisch. Vergessene auszugraben ist immer wieder mal Mode. Dann kommen die Nachgeborenen, neigen ihr Haupt und klagen, daß es ihnen an Substanz und Profil fehle. Jede Generation hat diese Phase der Selbstbezichtigung. Wir hatten sie auch, als wir an der Reihe waren, und schwärmten neidisch von den Älteren und den großen Zeiten und den wirklichen Helden und den prachtvollen Häuptlingen und den edlen Rächern, die natürlich ständig gegen das geschriebene, nie aber gegen das ungeschriebene Gesetz der Rache verstießen: Nie aus dem Hinterhalt schießen, selbst dem größten Schwein muß du pro forma eine Chance geben. Selbst dem verhaßtesten Kanzler darfst du nie meuchlings eins überbraten. – Hey, zieh den Bauch ein, Baby! Du mußt ihm anstandshalber eines dieser üblichen Reizworte zurufen, ehe du ihm eins über die Rübe gibst. Das gehört sich so.

Die alten Helden zogen schneller und trafen besser. So heißt es. Auf eine Entfernung von einer halben Meile schossen sie den Strick durch, an den ein aufgebrachtes

Lynchbürgerpack gerade einen Unschuldigen hängen wollte. Solche Sachen erzählt man sich. Kein Wort wahr. Und heute sind wir die Legende. Neuerdings tauchen zum Beispiel Greenhorns auf, die beschwören, ich sei anno sowieso wie ein Teufel durch Kansas City oder Santa Fé geritten, sie hätten mit eigenen Augen gesehen, wie ich mit meinem 68er dem neofaschistischen Gouverneur das Bierglas aus der Hand und seine Telefonleitung kaputtgeschossen und wie ich dabei mit der Linken in der Hosentasche eine Zigarette gedreht hatte. Klingt gut, aber weder war ich je in meinem Leben in Kansas City oder Santa Fé, noch habe ich je Zigaretten in der Hosentasche drehen können. Im Gegenteil, ich habe immer den Verdacht gehabt und geäußert, daß kein Mensch diese Fertigkeit besitzt, daß es alle machen wie ich: einfach die zuvor gedrehte aus der Tasche ziehen und so tun als ob. Die Leute wollen Wunder haben. Kein Wunder, daß wie wild gelogen wird. Glauben darfst du nicht einmal dir selbst.
Diese Youngsters heute phantasieren nicht nur, sie verwechseln auch alles. Mit dem 68er meinte dieser ahnungslose Anbeter Jahrgang '72 natürlich meinen 44er Colt. Egal, jetzt gehörte ich also in die Rubrik »Zornige alte Männer«. Es gibt schlimmere Schicksale. Sie graben die Alten aus, weil sie in der eigenen Generation nichts Besseres zu bieten haben, oder weil wir wirklich besser waren, was weiß ich. Inez meint, weil sie zu faul oder zu unfähig sind, nach neuen guten Leuten zu suchen. Elena, die das Sticheln nicht sein lassen kann, meint, weil der Mensch ein Neider ist, der lieber auf alte Knacker zurückgreift, als Generationsgenossen hochkommen zu lassen, denen er Triumphe nicht gönnt. Fies, aber mir soll es recht sein.

Die Señoras, die sich im Gegensatz zu mir mit der Belletristik befassen, behaupten, das Phänomen der Altenverklärung sei überall anzutreffen. In der Literatenbranche würden die jüngeren Autoren von den angeblich unüberbietbaren Leistungen der alten derart zu Boden gedrückt, daß ihnen zu schönen Würfen der Schwung abhanden kommen müsse. Vor allem die Macht der toten Dichter sei überwältigend. Da man bekanntlich Toten fast nur Gutes nachsage, würden die praktisch täglich präsenter und raumgreifender und vorbildlicher und unübertrefflicher. Bloß gut, daß ich mit diesen Dingen nicht auch noch etwas zu tun habe. Sie heben dich hoch, sie lassen dich fallen, wie sie es brauchen. Heute werden die übriggebliebenen alten Rächer großgeschrieben, morgen sind es vielleicht ehemalige Luxusnutten, die die Vermarkter der Gegenwart mit ihrem Interesse heimsuchen.
Als mir klar wurde, daß mein Leben nicht mehr endlos dauert, nahm ich mir vor, die gegenwärtige Aufmerksamkeit einfach zu genießen und die Rat- und Hilfesuchenden nicht mehr unwirsch abzuweisen, sondern ihnen zumindest Audienz zu gewähren.
Wenn ich Marguerita nicht hätte! Ohne den Spott von Inez und Elena würde ich verblöden, aber ohne Margueritas süße Witze sähe mein Leben weniger bunt aus. Sie hat mir ein Schild machen lassen, das ich an den Eingang unserer Hazienda hängen soll. Messing. Nicht etwa so ein Emailleblech, auf dem Ärzte früher ihre Sprechzeiten stehen hatten und bei dem man sofort an Abtreibung auf dem Küchentisch denken muß. Meine Tafel ist gediegen wie die eines Notars. Darauf steht schlicht und ohne jeden Titel mein blanker neuer Name »Donde« und ziemlich groß

darunter: CONSULTING. Das Schild sieht aus, als residiere und floriere hier eine Industrieberatungsfirma mit mindestens 30 Mitarbeitern.

Marguerita sagte: »Wenn ehemalige Spitzensportler Trainer werden, dann sollst du als ehemaliger Widerstandskämpfer den Leuten beibringen, wie man Widerstand leistet.« Womöglich war ihr Vorschlag ernst gemeint. »Du kannst 200 oder 300 in der Stunde verlangen«, sagte sie, »Dollar natürlich, man muß Dollars nehmen, das macht sich besser.«

»Widerstandskämpfer« empfand ich als eine anmaßende Bezeichnung. Ich haue gerne auf den Putz, aber das ging mir zu weit. Ein Widerstandskämpfer setzt sein Leben aufs Spiel. Er hat sich vorgenommen, Stadt oder Land vom Tyrannen zu befreien. Er will eine Bestie ermorden. Jedes Mittel ist ihm recht. Ich hingegen hatte nicht mehr versucht, als ein paar unappetitliche, aber vergleichsweise harmlose, zumindest nicht blutrünstige Gestalten sozusagen mit Schreck- und Warnschüssen zu verscheuchen.

Seltsam: Die sonst so kritischen Señoras, deren wachen Augen keine meiner noch so kleinen Großtuereien entging, hielten mir in diesem Punkt, wo es mir nicht recht war, die Stange. »Komm«, sagten sie, »stell dein Licht nicht unter den Scheffel, so harmlos sind und waren die Politärsche gar nicht, und es gehörte schon einiger Mut dazu, diese Figuren derart ungeschützt anzuschießen.«

»Mut?« sagte ich. »Was hätte mir passieren können! Ich habe meines Wissens nicht Kopf und Kragen riskiert.« Da lachten die Señoras dunkel auf und sagten: »Aber du hast dein Image riskiert.« Sie meinten, ein versautes Image könne heutzutage auch ziemlich tödlich sein. Man hätte mich kaltstellen können. Andere Rächer seien weniger ungeschoren davongekommen. Sie seien zum Beispiel von irgendwelchen Zeitungen zum Hauen und Stechen und Schlachten aufgefordert worden, weil das Volk nun mal Blut gerne sieht. Wenn aber nach vollzogener Tat ihre Hoheit, die Volksstimmung, sich gegen die Angreifer kehrte, seien diese von ihren Auftraggebern im Stich gelassen worden.

»Warum habt ihr mich damals nicht gewarnt?« fragte ich die Señoras, »ihr hättet mich ins Messer laufen lassen!« Wieder lachten sie dunkel und sagten, Männer wie ich würden durch die Warnungen von Frauen nur noch sturer. Ich bestritt das, so gut ich konnte, rechnete es den Señoras aber hoch an, daß sie mich seinerzeit mit ihren Bedenken verschont hatten, glaube allerdings, daß auch sie nicht auf den Spaß verzichten wollten, mich losballern zu sehen.

»Donde Consulting.« Nachdem die feine Tafel tagelang im Weg herumgelegen hatte, konnte ich nicht verhindern, daß Marguerita sie entschlossen am Eingang der Hazienda anbrachte. Zwar meldeten sich daraufhin keine Ratsuchenden, jedoch ein Künstler, der mir 5 000 für die Tafel bot. Wie er sagte, betrieb er »Spurensuche«, Spezialgebiet Beschilderungen. Die Schilder mußten authentisch sein. Das bewies er mit Fotografien ihres Ursprungsortes. Unter den Augen einer Videokamera wollte er meins eigenhändig abschrauben, um es dann eigenhändig in ein gewaltiges Schilderkunstwerk einzufügen, das in New York oder sonstwo ausgestellt werden sollte. 5 000! Dollar! Ich überließ Marguerita die Entscheidung. Sie verkaufte, ließ für ein paar Pesos eine identische Tafel fertigen, die sie keine zwei Tage später an die Mauer schraubte.

Dann meldete sich eine Beraterfirma aus San Francisco,

mit Zweigstellen in Buenos Aires, Caracas, Madrid, Leipzig, Magdeburg und Singapur, die sich »East-West-Consulting« nannte und mit ihrem Namen unzufrieden war, weil die Welt nach dem Niedergang des Kommunismus sozusagen nur noch aus Westen bestand. Sie wollten den Namen »Donde Consulting« von mir kaufen. Wieder überließ ich es Marguerita, die mir nicht sagte, was sie dafür bekam. Seitdem kommen ihre Vettern sie nicht mehr mit Mopeds besuchen, sondern mit riesigen Amischlitten.

13 Die keine Achtung haben

Schließlich konnte es nicht ausbleiben, daß die feine neue »Consulting«-Tafel einem Fernsehjournalisten auffiel. Er wollte einen Film über mich machen. Ich war zurückhaltend und mißtrauisch und wußte schon, daß ihm das nur noch mehr imponierte. Man ist in so einem Fall natürlich und gleichzeitig kokett, naiv und gleichzeitig gerissen. Der Journalist hatte in den Archiven gegraben und zeigte mir alte Dokumentaraufnahmen aus Polizeibeständen.
»Die Bullen haben damals im Westen jeden Blödsinn gefilmt«, sagte ich und war ziemlich beeindruckt: Wie bin ich damals verwegen geritten, wie hab' ich elegant aus der Hüfte geschossen! Alles Treffer! Mir wurde ganz mulmig, als ich daran dachte, wie es wohl heute mit diesen Fähigkeiten aussah.
»Was heißt Blödsinn«, sagte der Fernsehjournalist, »Leute wie Sie haben dafür gesorgt, daß man sich nicht genieren mußte, in diesem Land zu leben.«
»Na, na!« sagte ich. Das ging zu weit. Angeben ja, aber bloß kein Pathos. Außerdem war dieser komische Fernsehjournalist damals noch ein Baby. Wenn er überhaupt schon dagewesen war.
»Sie haben der Obrigkeit eingeheizt«, sagte er fast rechthaberisch, »und das fehlt bitter. Wer kann das heute noch, wer macht das noch!« Er war Anfang Dreißig und ziemlich geschoren, und ich fragte mich, was jemanden mit einem so beneidenswerten Haarwuchs bewegen mag, sich die Haare bis auf drei Millimeter herunterschneiden zu lassen,

was erstens häßlich ist, und zweitens sieht so einer schon von weitem aus wie ein Rechtsradikaler. Du kannst vom Aussehen der Youngster keine Schlüsse mehr ziehen. Du begegnest dann wieder Typen mit wallenden Haaren, die sehen aus wie die wandelnde Sanftmut und sind reaktionär bis auf die Knochen.
»Warum haben Sie Ihre Haare so häßlich abgeschnitten?« fragte ich. Er sah mich fassungslos an. In dem Augenblick kam Maguerita in den Garten, wo das Gespräch stattfand, und rief mir die Antwort zu: »Weil er es geil findet, natürlich.«
»Hören Sie zu«, sagte ich, »schon mal was davon gehört, daß sich die Dinge ändern?« Dieser Kahlkopf heulte den alten Zeiten jämmerlicher hinterher als jeder Rentner. Ich doziere nicht gern, aber gewisse Dinge mußten jetzt mal gesagt werden. »Man kann die Obrigkeit heute nicht mehr so attackieren wie gestern. Das war einmal. Schön war die Zeit, aber sie ist vorbei. Wer sich wünscht, daß es so weitergeht, hat überhaupt nichts begriffen. Auch die Obrigkeit hat sich verändert. Wir haben sie verändert. Sie war bullig und reizbar, sie hat uns geknüppelt, und wir haben sie geknüppelt, bis sie liberaler wurde. Wir haben sie so lange lächerlich gemacht, bis kein Mensch mehr Respekt vor ihren Vertretern hatte. Das war oder ist ein Verdienst, spielt aber heutzutage keine Rolle mehr. Was damals kühn war, ist inzwischen fades Allgemeingut. Irgendwann interessieren Errungenschaften nicht mehr. Sie werden selbstverständlich. Man kann sie nicht dauernd hochhalten. Den Fehler machen die beleidigten Vertreter der besagten Obrigkeit. Sie beschwören unentwegt das wunderbare Grundgesetz mit seinem wunderbaren Wahlrecht und sind entrüstet, daß

die Bürger sich nicht pausenlos über ihre herrlichen Rechte freuen. Man kann aber nicht ewig dankbar sein, weder für die Abschaffung der Sklaverei noch für die Einführung des Streikrechts oder des Mieterschutzgesetzes.«

Mein Gesprächspartner, zum reinen Zuhörer erniedrigt, holte Luft, doch ich ließ ihn nicht zu Wort kommen und fuhr fort: »Wenn es vor zehn oder zwanzig Jahren noch einer gewissen Kühnheit bedurfte, den Vertretern der Obrigkeit Beleidigungen an den Kopf zu werfen, kann sich das heute jeder Fernsehunterhaltungsheini in seiner Massensendung leisten. Respektlosigkeit, einst nicht ungefährlich, gehört längst zum guten Ton und ist somit langweilig geworden. Wenn heute eine Kanzler- oder Präsidentenwahl ansteht, werden von den Lieblingen des Fernsehpublikums nur noch Witze über den höchsten Würdenträger und den mächtigsten Mann im Land gemacht. Mit der Respektlosigkeit des flotten Showstars kann sich das Heer von Millionen Glotzern mühelos identifizieren. Keine Achtung vor den Repräsentanten von Staat und Regierung zu haben, ist ein fester Bestandteil der Bürgerwürde geworden. Um der Obrigkeit gegen das Schienbein zu treten und ihr dabei furchtlos ins Gesicht zu lachen, brauchte man einst den Mumm eines Raubritters. Heute darf und soll das jeder alberne Fernsehschnöselunterhaltungsliebling, und der Abschaum der Menschheit feixt dazu mit debilem Hängekiefer.

»Ich bitte Sie«, sagte der Journalist etwas erschrocken, »jetzt werden Sie aber menschenverachtend!«

»Allerdings«, sagte ich. »Man darf vor lauter Politikerverachtung nicht den gemeinen Mitmenschen aus dem Auge verlieren. Was sind denn das für Leute, die auch noch dafür

zahlen, in Bussen zu irgendwelchen Studios gekarrt zu werden, um dabei zu sein, wenn völlig niveaulose, aber leibhaftige Quatschköpfe mit ebenso niveaulosen und leibhaftigen Prominenten niveaulos herumpöbeln. Das sind doch nicht etwa Menschen wie du und ich. Diese nichtssagenden Gesichter mit ihren Sonnenbränden sind ja auch nicht ungefährlich. Sie tragen zumindest eine gewisse Teilschuld daran, daß es so ist, wie es ist. Sie sind mit ihren erschütternd harmlosen Provinzgesichtern dafür verantwortlich, daß das Denken in Einschaltquoten die heimlich herrschende Religion geworden ist, wodurch die Verbreitung jeder intelligenten Substanz verhindert beziehungsweise nur in verwässertem Zustand geduldet wird. Blieben diese Deppen den Auftritten fern, schalteten sie in ihren fürchterlichen Wohnzimmern diese fürchterlichen Deppensendungen nicht ein, dann könnten sich die Fernsehanstalten solche Sendungen, die auf Deppenart von der kumpelhaften Respektlosigkeit leben, gar nicht leisten. Aber so ist es eben nicht. Deswegen können die Lieblinge der Deppen und Könige der Quoten ohne weiteres Spekulationen über Zahnpflege und Mundgeruch der Mächtigen anstellen, ohne daß es ihnen die Zuschauer verübeln. Auch die angesprochenen Kanzler, Präsidenten und Minister selbst werden gern die Einladung zu einer der nächsten Sendungen annehmen, um dort als Gast möglichst gewinnend in die Kamera zu grinsen, mit einem Gespräch über Mundgeruch Bürgernähe und Ungeniertheit zu demonstrieren und so die Wahlchancen zu verbessern. Was einmal kühn war, ist heute Goldlockenschwachsinn und von der Unterhaltungsindustrie vereinnahmt.«
Der Journalist nickte mit einem bedenklichen Gesicht,

murmelte etwas von »Kulturpessimismus«, womit er nicht ganz unrecht hatte, und sagte dann, offenbar zu einem längeren Einwand ausholend: »Die Linke, die Linke...« Ich weiß nicht, was er damit sagen wollte, vermutlich wollte er wissen, wo die Linke geblieben sei oder ob es sie überhaupt noch gebe oder was heute noch links sei – diese üblichen Fragen, mit denen sie einem neuerdings auf die Nerven gehen, als sei man ein Anwalt dieser plötzlich schwer zu definierenden Linken. Ich vertrete hin und wieder linke Positionen, wenn ich darin einen Sinn sehe, aber ich fühle mich für die Richtung nicht verantwortlich. Dieses penetrante Herbeimahnen der Linken kann ich überhaupt nicht ausstehen. Dann fange ich manchmal tatsächlich an, die alten Versager zu verteidigen. »Verdammt«, sagte ich, »die Linke war lange genug aktiv, jetzt ruht sie sich eben aus nach dem Durcheinander. Wünschen Sie ihr lieber gute Erholung, als sich hinterfotzig nach ihrem Zustand zu erkundigen. Ist doch klar, daß sie sich einen neuen Reim auf die veränderten Dinge machen muß.«
Ich schluckte, vermied das Wort »Wertewandel« und erklärte, daß der Antimilitarismus zum Beispiel wichtiger denn je sei, aber eben anders aussähe als vor zehn oder zwanzig Jahren, er müsse neu begründet und neu definiert werden. »Und das geht nicht von heute auf morgen«, sagte ich und biß mir gleich auf die Zunge. Das war eine Wendung, die auch der Kanzler hätte sagen können. Man sollte sich überhaupt nicht äußern. Überall lauerten Fallen. Aber der Fernsehmann hörte mir gebannt zu, ihm war die Entgleisung nicht aufgefallen, oder seine kahlen weißen Ohren waren nicht fein genug für den Mißton, und so konnte ich ungehindert fortfahren:

»Die Linken haben den Staat aufgeweicht. Früher haben die Bullen jeden Melonenkern gefilmt, der von ehrenwerten linken Demonstranten völlig zu Recht in Richtung Obrigkeit gespuckt wurde, heute schlagen die rechten Säue unsere Mitbürger tot, und die Polizei, die keiner mehr Bullen nennt, weil es nämlich Schafe sind, hat einfach nichts gesehen.«
»Eben, genau, das ist es doch«, sagte mein Mann vom Fernsehen, »Leute wie Sie müssen wieder her, die der Obrigkeit einheizen.«
Meine Geduld war fast am Ende. Ich sagte: »Es ist doch heute genau andersherum. Wir rufen aus vollem Hals nach der Staatsgewalt, die wir früher verachtet haben, und nach strengeren Gerichtsurteilen. Wir alle sind uns da einig. Man muß der Obrigkeit beibringen, wie man entschlossen vorgeht, man muß sie erziehen. Das Gesellschaftsspiel von früher: den großen Nullen einheizen, um sie zu ihren Anfällen und Ausfällen zu treiben und sie dann fertigzumachen, funktioniert nicht mehr. Vermutlich muß man ihnen heutzutage sogar helfen. Das ist das dickste Ei. Sie bitten und betteln ja schon ständig um unsere Hilfe: Mischt euch ein, ihr lieben Bürger, wir müssen gemeinsam etwas gegen die Gefahr von rechts tun! Ich bin aber kein Pädagoge und ein moderner schon gar nicht. Meine rauhen Methoden sind heute fehl am Platz, und es ist Schwärmerei, danach zu verlangen. Die Obrigkeit muß gestärkt werden, aber die Geduld habe ich nicht. Ich nicht. Man müßte den Staatsidioten erst einmal erklären, daß der Unterschied zwischen einem linken Demonstranten, der eine Autobahn verhindern, und einer rechten Sau, die keine Ausländer um sich haben will, größer ist als der Abstand von der Erde zum

Mond und auch mit den dehnbarsten Gummiparagraphen des Strafgesetzbuchs nicht zusammengebracht werden kann. Attacken auf die begriffsstutzige Obrigkeit halte ich momentan für verfehlt. Vermutlich kommt wieder eine Zeit, da man der Obrigkeit in die Fresse schlagen muß, daß ihr Hören und Sehen vergeht, dann kann man auf mich zurückgreifen, bis dahin bin ich neunzig. Im Augenblick aber muß man ihr Hören und Sehen erst beibringen. Das ist nicht mein Job. Das sollen andere machen. Mein Beitrag, die Obrigkeit zur Räson zu bringen, entspricht einer veralteten, bockigen Erziehungsmethode, die mir selbst nicht sympathisch ist. Aber warum soll man Unsympathisches mit sympathischen Mitteln behandeln. Ich zahle es den Ärschen heim, indem ich meine Mitarbeit verweigere. Macht euren Scheiß alleine! rufe ich ihnen zu. Das ist der furchtbarste Schlag, den man ihnen im Augenblick verpassen kann. Dabei zucken sie so zusammen, daß sie einem manchmal richtig leid tun können. Ganz früher wurden sie hysterisch, wenn man mitbestimmen wollte. Wer erinnert sich noch? Ob in den Parlamenten oder Universitäten, in Verlagen oder kleinen Handwerksbetrieben – die Bosse gerieten außer sich, wenn man ihre Autorität in Frage stellte. Hoppla. Dann kam die Zeit der Unempfindlichkeit. Man konnte auf sie eindreschen, und sie hielten es für ratsam, die Schläge wegzustecken. Heute flehen sie um kritische Mithilfe. Natürlich brauchen sie jemanden, der ihnen beibringt, wie man sich die rechten Schweine im Inland vom Hals schafft und auch, wie man den Regierungsverbrechern begegnet, die das Ausland reichlich zu bieten hat. Nur zu, aber nicht mit mir. Ich will kein Berater von Wichtigtuern sein, die Nerven habe ich nicht. Bin nicht motiviert, kenne mich nicht aus, will meine Ruhe haben.«

Mein Fernsehmann war beeindruckt. »Das war toll, das war deutlich«, sagte er, »ich baue jetzt die Kamera auf, und dann sagen Sie das Ganze noch einmal, vor allem das mit den Arschlöchern, das war schön deftig.« Er hatte nichts verstanden.

Ich weigerte mich natürlich. Ich bin nicht verrückt. Er rang die Journalistenhände und jammerte. Ohne mein Statement könne er den Film nicht machen. Mir müsse doch auch daran gelegen sein. Es gehe doch um die Sache. »Welche Sache?« fragte ich. Das konnte er mir nicht beantworten. Meine Weigerung machte ihn noch aufdringlicher. Aber ich blieb hart. Ich sehe und höre mir Quatsch gerne an, aber mitquatschen will ich nicht. Das habe ich nicht nötig.

14 Der Fluch der Versöhnung

Ich habe mich gründlich hassen gelernt. Als der Fernsehjournalist gegangen war, hatte ich mich noch wohlgefühlt. Ich war mir richtig gut vorgekommen. Die Seelenforscher würden von einer narzißtischen Anwandlung sprechen. Früher hast du dich lautstark über die ungerecht in der Welt verteilten Güter empört, prompt warst du ein Verfassungsfeind. Kaum erwärmst du dich heute ein wenig für dein eigenes Leben, schon bist du ein Narziß. Auch schon egal. Man muß sich lieben und hassen, wie es kommt. Damals habe ich übrigens für nationalen Selbsthaß plädiert. Eigentlich bin ich noch immer dafür. Wenn jedes Volk sich und seine Unarten gründlich haßt, kann nichts passieren. Vertrittst du aber heutzutage diese Meinung, kommen gleich die Schwätzer und behaupten, der Haß sei im Grunde Sehnsucht nach Liebe oder etwas in der Art. Wenn ich zum Beispiel Fußballfanatiker hasse, dann soll ich mich im Grunde meines Herzens nach deren Liebe sehnen? Ich schwöre, daß meine Sehnsucht allein dahin geht, das Gesindel möge von der Bildfläche verschwinden, seine Grölgosche halten und mir nie wieder zu Gesicht und zu Gehör kommen.

Ich habe mich gehaßt für meine Worte. Der verdammte Fernsehjournalist hat tatsächlich einen Film über mich gemacht. Er hatte bei unserem Gespräch ein Tonband mitlaufen lassen, und weil ich ihm nicht erlaubte, mich zu filmen, hat er aus Verlegenheit oder Rache mein Gefasel einfach zu seinen mehr oder weniger passenden Bildern dazugespielt.

O-Ton aus dem Off, heißt das, glaube ich. Ich war entsetzt. Leichtfertig hatte ich die Bullen in Schutz genommen und die Obrigkeit zu schonen empfohlen. Kaum war der Film ausgestrahlt, las und hörte ich wie zum Hohn von den widerwärtigsten Übergriffen der Staatsgewalt. Daß die Bullen Schafe geworden waren, wie ich behauptet hatte, von wegen. Sie haben nichts Besseres zu tun, als einen friedlich dahinradelnden Künstler mit ihrem Bullenauto zu verfolgen, weil der auf seinem Rad zwei kleine Kinderfahrräder transportiert, die er entweder seinen eigenen Kindern schenken oder aus denen er ein Kunstwerk machen will, das weiß er selbst noch nicht. Er hat ein Holzbein. Alles sehr verdächtig. Kann eigentlich nur ein Kindermörder sein. Bestenfalls Kinderschänder. Zumindest ein Fahrraddieb. Als er die Kunstakademie betreten will, wo er als Gastdozent wirkt, kann er seine Vorlesung nicht pünktlich beginnen. Die Bullen hindern ihn am Betreten des Gebäudes, sie schubsen ihn herum, wollen seine Papiere sehen und eine Quittung für die Räder als Beweis dafür, daß die nicht gestohlen sind. Und dann ist er auch noch Grieche und hat einen Bart bis zum Nabel.

Das hat man davon, wenn man Verständnis äußert. Nie wieder. Diese Sauerei passierte gar nicht weit weg von meinem Refugium. Als mir davon berichtet wurde, hatte ich nur den wollüstigen Wunsch, dabeigewesen zu sein. Wie gerne hätte ich diese beiden Bullen auf frischer Tat ertappt, sie mit ihren eigenen Schlagstöcken blaugrün und windelweich geprügelt, ihnen die ekelhafte Uniform vom Leib gerissen, sie mit ihren eigenen Handschellen aneinandergekettet, in ein Taxi gesetzt und ins Polizeipräsidium verfrachten lassen.

Als hätte die gesamte Bullenbande meine milden Worte in dem verfluchten Fernsehfilm vernommen, häuften sich derartige Übergriffe. In Big Berlin Town zum Beispiel: Dunkler, fremdländischer Mann will in sein Klapperauto steigen. Tür klemmt. Das kommt der wachsamen Polizeistreife verdächtig vor. Sie springen zu zweit aus ihrem Streifenwagen und behandeln den Fremden derart erkennungsdienstlich, daß er Blutergüsse und Verrenkungen davonträgt. Als es ihm später endlich gelingt, eine Anzeige zu erstatten, drehen die verdammten Ordnungshüter den Spieß einfach um, klagen über enorme Kopfschmerzen und zeigen den Mann wegen Widerstands gegen die Staatsgewalt und Körperverletzung an.

Tagelang war ich außer mir. Das hatte man davon, wenn man versöhnliche Töne anschlug! Den rechten Säuen gegenüber leistete sich das Bullenpack dagegen unglaubliche Nachlässigkeiten. Mit denen verband sie wohl eine Verwandtschaft. Eine natürliche, arterhaltende Hemmung kam zum Vorschein. Mitglieder der eigenen Familie müssen geschont werden. Daher waren nie Bullen zur Stelle, wenn die rechten Säue sich zusammenrotteten. Oder wenn sie zur Stelle waren, dann verloren sie plötzlich die Spur der Randalierer. Obwohl man die gar nicht verlieren konnte, weil die immer laut brüllend und von unübersehbarer Häßlichkeit durch die Gegend zogen.

Ich haßte mich auch, weil ich mich überhaupt darauf eingelassen hatte, meine Nase in den Wind zu hängen und in den Strömungen des politischen Klimas herumzuschnüffeln. Das führte dazu, daß man dummes Zeug sagte. Wenn man nicht scharf aufpaßte, drückte man sich plötzlich aus wie ein Leitartikelschreiber. Ganz so weit war es mit mir noch nicht gekommen. Sätze wie »Die Regierung ist auf dem rechten Auge blind!« oder »Wehret den Anfängen!« kamen nie über meine Lippen. Obwohl diese Warnrufe oft genug stimmten. Doch ich stelle immer wieder fest, daß es selten richtig ist, das Richtige auszusprechen. Die Abgedroschenheit macht solche Leitartikelfloskeln nicht nur kraftlos, sondern richtig falsch. Warum das so ist, weiß ich nicht.

Die Señoras fanden zu meiner Überraschung den Film erträglich und meine Äußerungen gar nicht so schlimm, und das sicher nicht, um mich von meiner Selbstzerfleischung abzulenken, das war nicht ihre Art. Sie sagten, es ehre mich, daß ich das abgestandene Geschimpfe auf Polizei und Staatsgewalt nicht mitmache, das heute schon von jeder liberalen Pfeife abgelassen werde. Die Übergriffe seien zwar abscheulich, aber Einzelfälle. Das könne man zwar nicht laut, jedoch aber leise sagen. Im übrigen sei meine Bullenschonung zu hämisch, um wirklich ernst genommen zu werden. Man dürfe auch nicht übersehen, daß die Übergriffe der Bullen immerhin sofort ans Licht gebracht würden, dafür sorge schon die Angst vor den schiefen Blicken des Auslands. Das Ausland brauche nur die Augenbrauen zu heben, und schon gelobten die verantwortlichen Pols ängstlich Besserung, kratzten Geld zusammen, um die Bullen auf Lehrgänge zu schicken, wo man versuche, ihnen den Unterschied zwischen rechten Säuen und armen Schweinen beizubringen. Vor allem die Bullen aus dem Osten seien bekanntlich in dieser Hinsicht unterbelichtet.

Wir lachten alle, weil man auch das nicht laut, sondern nur leise sagen durfte. Den Leuten im Osten mußte man einiges zugute halten, wenn man nicht für einen arroganten Schickimickicowboy gehalten werden wollte. Sie hatten Pech gehabt. Wir hatten im Westen nun mal von Anfang an die präziser schießenden Colts, die eleganteren Gürtel und Halfter. Deswegen mußte man den Leuten aus dem Osten einen Bonus geben, und von dem zehrten ein wenig auch die Ostbullen. So gesehen wird das Versagen der Bullen gegenüber den rechten Säuen auf bedauerliche, aber korrigierbare Bildungslücken reduziert.

Der Film über mich hieß »Der auf der Lauer lag«. Der Fernsehjournalist, diese Ratte, hatte ihm zunächst einen anderen Titel geben wollen, nämlich »Der Rächer im Schlafrock«. Tatsächlich hatte ich mich in der Unterhaltung wortwörtlich selbst so bezeichnet. Man stilisiert sich, man kritisiert und parodiert sich, aber man mag es natürlich nicht, wenn andere Leute diese Bilder übernehmen.

Meinem treuen Anwalt Doc Rosengarden habe ich es zu verdanken, daß ich nicht als unrühmlicher »Rächer im Schlafrock« in die Geschichte der Fernsehdokumentarfilme einging, sondern als Mann, von dem noch einiges zu erwarten ist. Der Doc erwirkte tatsächlich eine einstweilige Verfügung gegen die bereits angekündigte Ausstrahlung des Film unter diesem Titel. Ich glaube, er gab an, wenn mein Name derart massiv mit einem Schlafrock in Verbindung gebracht werde, sei das Geschäftsschädigung. Mir war es recht. Ich mag Schlafröcke nicht, und ich besitze auch keinen.

Nach der Ausstrahlung des Films kam endlich Post von Sina. Argwöhnisch betrachteten die Señoras das Kuvert mit der fremden Schrift und dem Poststempel aus der Hauptstadt. Sina ging mit keiner Silbe auf unsere heiße Nacht ein,

und ich konnte ihre Zeilen zur allgemeinen Erheiterung offen herumliegen lassen. »Was ist los mit Dir«, schrieb Sina, »ich warte dauernd darauf, daß Du es krachen läßt, statt dessen zankst Du Dich mit Fernsehsendern herum. Sinke bitte nicht tiefer. Noch glaube ich an Dich.«
»Wer ist Sina?« fragten Inez, Elena und Marguerita.

15 Die Gnadenlosen

Bisher hatte ich mich immer für unbestechlich gehalten, jetzt merkte ich, daß ich mich den Wonnen meiner neuen Popularität nicht entziehen konnte. Was heißt, nicht entziehen: Ich gab mich diesen Wonnen hin wie ein wollüstiges Weib. Was heißt Weib: Auch Männer können vor Wollust schmelzen.
Das Telefon stand nicht still, nachdem der Film über mich gesendet worden war. Die Señoras weigerten sich bereits, an den Apparat zu gehen, um mich zu verleugnen, und zwangen mich damit, Selbstverleugnung zu betreiben. Leichten Herzens schlug ich diverse Einladungen zu sogenannten Talk-Shows aus – nein, schweren Herzens, ehrlich gesagt. »Ich will mir meine Verachtung dieser Sendungen bewahren, verstehen Sie!« sagte ich einem drängelnden Fernsehredakteur. »Seien Sie nicht kindisch«, antwortete der, »enttäuschen Sie mich nicht, ich hätte Sie für zynischer gehalten. Wer so virtuos mit den Colts umgehen kann, dem darf ich zutrauen, daß er das unter einen Hut bringt: einmal bei einer Sache mitzumachen, die er im Grunde verachtet.« Ich schwieg. In zynischen Zeiten, die ich oft genug durchaus zu schätzen weiß, will ich nicht als der treudoofe Antizyniker dastehen, der ich gar nicht bin. »Glauben Sie, ich kann diesen Fernsehscheiß hier machen, ohne ihn zu verachten«, stöhnte der Redakteur, und wir verloren uns in ein nicht uninteressantes Gespräch über die Notwendigkeit der Doppelmoral, das mit zwei Ergebnissen endete: mit der Frage, ob es womöglich der Mangel an Doppel-

moral sei, der viele Politiker noch ungenießbarer mache als die Doppelmoral selbst, und zweitens mit der Vermutung, daß die einzige Alternative zur Doppelmoral die Dreifachmoral sei.

Nach dieser anregenden und erhellenden Plauderei besann sich der Redakteur plötzlich auf den verachtenswerten Grund seines Anrufs, und er gab mir gleich ein schönes Beispiel für praktizierte Doppelmoral. Mit einer Stimme, die nun wieder den beschwörenden Ton eines ehrgeizigen Tourneeschauspielers angenommen hatte, raunte er mir in etwa folgendes zu: »Sie müssen bei unserer Talkrunde mitmachen, Sie sind überhaupt noch nicht ausgelutscht.« Das sagte er, als wäre ich ein jungfräulicher Leckerbissen. Hier könne ich endlich meine rigorose, radikale Meinung Millionen von Zuschauern mitteilen. »Klartext«, sagte er ständig, Klartext könne ich sprechen, falls ich Memoiren geschrieben hätte, könne ich die erwähnen, das Buch dürfe ich mitbringen und in die Kamera halten. Der Kanzler habe zugesagt, an dieser Talk-Show teilzunehmen, bei der es um nichts Geringeres gehe als um die Probleme der Orientierungslosigkeit nach dem Zusammenbruch der alten Ost-West-Struktur, dazu hätte ich wohl einiges zu sagen.

»Dieses ewige Endzeitgeschwätz von der Orientierungslosigkeit hat bestenfalls Unterhaltungswert«, sagte ich. »Mein kulturgeschichtliches Wissen ist nicht das tiefste, soviel aber ist mir klar, daß Orientierungslosigkeit der Normalzustand der Menschheit ist und kein Grund zu großem Gezeter. Im übrigen sind die schlimmsten Kriege und Völkermorde das Produkt orientierter Personen gewesen. Die Orientierungslosigkeit ist eine Chance, sie darf nicht bejammert, sie muß gefördert werden.«

»Sagen Sie das, sagen Sie das in unserer Talk-Show!« Jetzt jubelte die Tourneeschauspielerstimme geradezu. »Und dann können Sie vor allem endlich einmal dem Kanzler ins Gesicht sagen, für was sie ihn halten, ich hoffe, für ein Arschloch. Wir senden live, verstehen Sie, gnadenlos, nichts wird geschnitten. Millionen von Zuschauern werden den Atem anhalten, wenn Sie das erlösende und längst fällige Wort zum Kanzler sagen: ›Du kotzt mich an!‹ Das muß ihm endlich einer stecken. Sie sind der Mann.«

Ich wand und wehrte mich, und vermutlich war mir anzuhören, daß ich diese Vorstellung reizvoll fand. Der Redakteur war genauestens über meine Vergangenheit als Revolverheld informiert. Seine Schauspielerstimme erinnerte jetzt an einen Provinzmephisto, als er mich durch die Leitung leise lockte: »Die Showdowns finden heute nicht mehr um zwölf Uhr mittags auf dem Marktplatz statt, sondern kurz vor Mitternacht in den Studios – gnadenlos.«

Meine Vorsätze, mich nie wieder des teuflischen Mediums Fernsehen zu bedienen, bröckelten. Die Schmach von neulich, als ich in einem Anfall von Umnachtung Verständnis für die Staatsgewalt geäußert hatte, drückte mich noch immer, und die Versuchung war groß, sie mit einem triumphalen Hieb auf den Quadratschädel des Regierungschefs auszubügeln und mein gefährdetes Ansehen als unberechenbarer Wüterich wenigstens vor mir selbst wiederherzustellen. Mein Instinkt allerdings sagte mir, daß das nicht gutgehen würde. Ich traue meinen Instinkten. Der Verstand täuscht mich eher. Der Verstand hielt auch das friedliche Zusammenleben mit den Señoras für ausgeschlossen. Der Instinkt ließ mich durchhalten. Er versprach mir, daß es klappen würde, und er hat sein Versprechen gehalten.

Der Mann am Telefon nahm meine Absage nicht hin. Das könne ich ihm nach einem anderthalbstündigen Gespräch nicht antun, sagte er, er räume mir Bedenkzeit ein, ich solle in Ruhe darüber schlafen, auf einen historischen Auftritt, der Fernsehgeschichte schreiben werde, könne ich nicht mir nichts, dir nichts verzichten, er werde morgen um die gleiche Zeit noch einmal anrufen, »gnadenlos«, wie er nunmehr zum dritten Mal sagte.
Interessantes Wörtchen – gnadenlos. Man hört es häufig. Früher waren wir gnadenlos, heute redet man davon. Alles soll möglichst gnadenlos sein. Die harmlosesten Polemiken in Konsumbroschüren nehmen für sich in Anspruch, gnadenlos Kritik zu üben. Vom scheußlichen Haarschnitt bis zur schlechten Popmusik gilt alles als gnadenlos – und natürlich wie eh und je die allzu knappe Badehose auf dem allzu fetten Körper. Parteipolitiker geloben, gnadenlos vor der eigenen Haustür zu kehren, Regisseure lassen ihre Inszenierungen von Kritikern als gnadenlos preisen. Die Leute waren in den vergangenen Jahren oft unentschlossen und beliebig, jetzt haben sie es lieber etwas härter. Ich freue mich schon auf die Talk-Show »Verrohung der Gesellschaft« – Fragezeichen. Kann sein, daß eine grassierende Sehnsucht nach Härte hinter dem Wort »gnadenlos« steht. Früher schwenkten sie weiße Tücher und glaubten, mit sanften Friedensliedern die Welt erhalten zu können, heute überlegen sich dieselben Leute, ob man fernen Aggressoren nicht der Einfachheit halber ein paar Bomben auf die Köpfe schmeißen soll. Vermutlich ist diese Sehnsucht nach Härte auch ein Grund, warum man sich an alte Knacker wie mich erinnert.
Ich habe den Gnadenlosen immer nur gespielt, das gehör-

te zum Geschäft. Außerdem kann man wirkungsvoller Gnade walten lassen, wenn man vorher einen auf harten Mann gemacht hat. »Hau ab, und laß dich nicht mehr blicken!« Wenn du mit diesen Worten einem Ekel wie dem Verteidigungsminister die Messerspitze vom Hals nimmst und ihm das Leben schenkst, statt ihn zur verdienten Hölle zu schicken, dann macht der Gnadenerlaß Eindruck. »Sag das nie wieder!« zischst du ihm noch hinterher. Er schnappt nach Luft, ordnet den Schlips und fragt, gehorsam, wie es sich für einen Oberarsch des Militärs gehört: »Was? Was soll ich nie wieder sagen?« Jetzt bist du in Verlegenheit. Du hast das so dahingesagt: »Sag das nie wieder!«, ein Satz aus dem Standardrepertoire der Wild-West-Sprache. Du erinnerst dich zwar dunkel an irgendeine perfide Bemerkung des Ministers, die der Grund gewesen sein muß, warum du ihn traktiert und bedroht und für ein kleines Weilchen seiner Freiheit beraubt hast. Aber du weißt es nicht mehr genau. Die haben so viel Dreck am Stecken, die geben so viel Unsinn von sich, kein Mensch kann sich mehr all die Gemeinheiten merken. Entweder war es irgendein Nationalschleim gewesen oder eine Infamie gegen die Zuwanderung von Ausländern. Oder er hatte behauptet, die Partei linksaußen sei ebenso gefährlich wie die rechtsaußen. Bei dieser Gleichsetzung gerate ich immer wieder in Rage. Eine frauenfeindliche Äußerung kann nicht der Grund für meine Strafaktion gewesen sein. Frauenfeindliche Äußerungen habe ich in der Regel nie geahndet, das war mir zu albern, das sollten andere tun. Höchstens Abtreibungsgegner konnten damit rechnen, von mir eins verpaßt zu bekommen – in dem Fall natürlich in die Eier, wohin sonst. An Abtreibungsgegnerinnen würde ich mich nie vergreifen, das müssen die Frauen unter sich ausmachen.

Oder war es dieser Wahnsinn mit dem verkommenen Militär gewesen, das der Minister im Inland einsetzen wollte? Nein, dieser hysterische Vorschlag stammte von keinem anderen als dem Mister Bonus, wie ich den Vorsitzenden der Regierungsfraktion nenne. Mr. Bonus, der einst das Attentat eines Verrückten mit schweren Folgen überlebte und den man seitdem pietätvoll mit Attacken gegen seine topreaktionäre Politik verschont. Märtyrer machen einem das Leben schwer. Deswegen mußt du als Rächer höllisch aufpassen. Du mußt einen bleibenden Schrecken, aber du darfst keinen bleibenden Schaden hinterlassen. Das ist die Kunst.

»Sag das nie wieder« – das würde ich vorsichtshalber nie wieder sagen. Ich war nicht der einzige damals, der die Schandworte und Schandtaten der Pols nicht mehr überblickte. Auch ein Grund für mich, meinen Job langsam an den Nagel zu hängen. Das Belastungsmaterial gegen all diese unflätigen Leute wurde immer umfangreicher und unübersichtlicher, aber es ging nicht ohne. So wie der Bulle einen Haftbefehl braucht, so brauchte auch ich etwas Schriftliches. Es ging zwar damals rauh zu im Wilden Westen, aber nicht völlig gesetzlos. Die Zeit der reinen Willkür war vorbei. Marodierende Killerbanden tauchten zwar noch auf, konnten aber nicht mehr mit der Sympathie der Bevölkerung rechnen. Das große Morden fand jenseits der Grenzen statt.

Wenn du so einen Typ in die Enge getrieben hattest, mußtest du ihm sagen, warum du ihm jetzt gleich eins überbrätst. Sonst hättest du dich vor den Augen der Öffentlich-

keit unglaubwürdig gemacht. Das hatte seltsame Begleiterscheinungen. So war eine meiner beiden Satteltaschen nicht mit Proviant und Munition gefüllt, sondern mit Zeitungsartikeln und Sitzungsprotokollen, die mir meine Auftraggeber zum Teil mit neumodischen Faxgeräten zukommen ließen. Ehe ich so einem Kretin seine Strafe verpaßte, kramte ich oft wie ein verdammter Beamter in den Papieren und suchte nach dem Beleg. Ich hätte einen Archivar und eine Sekretärin gebraucht. Mit einer flotten Assistentin hätte ich meinen Job vielleicht noch länger ausüben können. Sina wäre ideal gewesen. Sie hätte die schärfsten Dossiers zusammengestellt. Auf die Idee bin ich damals nicht gekommen. Alles machte ich allein.
Einmal hatte ich mir den Außenminister vorgeknöpft. Ich glaube, es war der Außenminister. Manchmal verwechsle ich die. Das stramme Mastvieh ähnelt einander. »Hoch die Flossen! Keine Dummheiten!« Mit der Rechten hielt ich ihm die Mündung meiner Waffe unters Kinn, mit der Linken suchte ich in der Satteltasche nach dem Papier, das mir zugeschickt worden war: eine große Zeitungsseite mit einem Artikel über den Minister. Seine üblen Bekundungen hatten meine Auftraggeber mit rotem Stift angestrichen. Wo war das verdammte Papier? Ich hatte mir grün das abgemachte Honorar daneben notiert: 3 000 plus Mehrwertsteuer. Dollar. Das Papier hatte ich todsicher eingepackt. Aber such mal in dieser Lage nach einer Zeitungsseite. Dem Minister wurden die Arme müde. »Laß die Pfoten oben!« Endlich fand ich die Seite. »Hier«, sagte ich, »du hast folgende Unverschämtheit von dir gegeben: ›Nächstes Jahr werden wir 50 Jahre Frieden auf unserem Erdteil feiern.‹« Der Minister biß sich auf die Lippen. In

der angespannten Situation konnte ich seine Infamie gar nicht mehr so infam finden und mußte mich künstlich in Rage bringen. Ich bohrte ihm den Lauf meines Colts fester unter das Kinn. »Bist du blind, du Affe«, sagte ich, »siehst du nicht, was jenseits der Grenze auf unserem Kontinent passiert?« Ich glaube, er wollte sich entschuldigen. Das durfte ich nicht zulassen. Dann kriegt so einer gleich wieder Sympathien von der wankelmütigen Bevölkerung. Ich knüllte die Zeitungsseite zusammen, stopfte sie in sein offenes Ministermaul, schoß ihm zur Abrundung meiner Aktion vor die Füße, so daß er ängstlich in die Höhe hüpfte, eine alberne, aber eindrucksvolle Bewegung, und verschwand unter dem Beifall der Zuschauer, ehe womöglich irgendwelche pflichtversessenen Bullen kamen, um mich wegen Freiheitsberaubung oder sonst was zu belästigen.

Die alten Zeiten. So lange ist es gar nicht her. Ich bin ein wenig ins Schwärmen geraten. Auch mir machte die Macht Spaß. Wenn nur der Papierkram nicht gewesen wäre. Einmal hatte ich den Ministerpräsidenten der Südstaaten am Wickel. Nicht das Urvieh, das in der grauen Vorzeit dort geherrscht hatte, sondern so ein Mittelalterlicher, steif und schneidig. Man sah ihm an, daß er sich elegant vorkam. Ein entsetzlicher Irrtum. Den Anzug würde keine Kleiderhilfe nehmen. Warum ist der Mann nicht Schalterbeamter bei der Post geworden, das wäre schlimm genug. Er würde mißtrauisch jede Büchersendung öffnen und nach unerlaubten persönlichen Äußerungen durchsuchen. Gestalten wie der haben eine automatische Schutzzone. Du kannst ihnen nicht näher kommen als sagen wir fünf, sechs Schritt. So einer wird natürlich sofort frech, wenn du ihm nicht auf den Pelz rückst und ihm die Knarre in die Rippen drückst. Wie der da stand – ich mußte mich wirklich beherrschen und sagte mir: Der Mann ist fürchterlich, aber es ist keine Bestie.

Ich hatte ihn mir am Rand eines großen Bierfestes geschnappt. Seine Leibwächter hatten ihn allein zum Pinkeln gehen lassen. Diesmal brauchte ich nach Belastungsmaterial nicht lange zu suchen. Ich stellte ihn direkt vor dem Papier, um das es ging. Ein Wahlplakat. Es klebte an einer Bretterwand, die zu den provisorischen Volksfesttoiletten führte. Es stank nach der Bierpisse von hunderttausend Männerblasen.

»Halt!« rief ich. Er blieb stehen. Auch nicht mehr der Nüchternste. Er winkte mir zu, weil er wohl dachte, ich sei ein Getreuer. »Dreh dich zur Wand,« sagte ich. Nicht mein Geschmack, diese Aufforderung. Ich mag keinen Exekutionston. Aber manchmal muß man deutlich werden. »Lies vor«, sagte ich. Der Ministerpräsident las lallend den Text von dem Parteiplakat ab: »Keine Freigabe von Heroin!« Er drehte sich wieder zu mir und erkannte, daß ich sein Freund nicht war. Ich griff zu meinen Wurfmessern, und schon hatte ich exakt ein Schulterpolster seines entsetzlichen Anzugs getroffen und heftete den Mann an diesem Punkt gewissermaßen an die Bretterwand neben sein Plakat, das eigentlich ein Fall für die Juristen war. Mit dem Spruch wurde den anderen Parteien unterstellt, sie hätten die Freigabe von harten Drogen an erster Stelle in ihrem Programm. Warum die sich nicht gerichtlich wehrten, begreife ich nicht. Ihre Anwälte pennten offenbar. So war es ein Fall für mich. Ich hatte ihn nicht gern übernommen. Der Ministerpräsident legte rechthaberisch den Kopf schräg und sagte zeternd: »Was wollen Sie von mir? Wollen Sie Heroin freigeben?«

»Vor allem will ich keine Diskussion mit dir, du Vogelscheuche«, sagte ich wütend, und schon steckte ein zweites Messer im anderen Schulterpolster und nagelte die mekkernde Gestalt fester an die Bretterwand des Pissoirs. Mit diesem Mann zu reden, das ging nun wirklich zu weit. Über dieses Thema zu reden eigentlich auch. Wie soll ich wissen, ob eine Freigabe von Heroin das Drogenproblem löst oder verschlimmert? Bin ich etwa ein Drogenberater? Wozu gibt es Fachleute? Im übrigen gehen mir Bekiffte genauso auf die Nerven wie Besoffene. Die Verliebtheit ist der einzig akzeptable Rausch. Aber ich hatte schließlich einen Auftrag zu erfüllen, die Bestrafung einer falschen Unterstellung, einer parteipolitischen Sauerei.

Ich warf noch ein paar Messer in seine Richtung. Es war nicht einfach, den abscheulich knapp sitzenden Anzug des Ministerpräsidenten zu treffen, ohne ihn zu verletzen. »Zieh das nächste Mal etwas Weiteres an«, sagte ich, war aber zufrieden mit meiner Arbeit. An den Hosenbeinen sowie an Ärmeln und Schößen der Jacke steckten meine Messer. Biertrinker auf dem Weg zum Pissen strömten vorbei, sie nestelten an ihren Hosenställen und glotzten teilnahmslos auf ihren Landesvater, der sich kaum noch bewegen konnte. Mit seinem verkniffenen Katholikengesicht erinnerte er mich jetzt an die Bilder von diesem schmachtenden, von Pfeilen durchbohrten Heiligen, Sebastian heißt er wohl. Fehlten nur noch ein Marterpfahl und ein Haufen kreischender Indianer. Ein Tourist aus Washington kam vorbei und knipste den grotesken Schmerzensmann. In der Washington Post soll das Foto veröffentlicht worden sein. Die Presse im sogenannten Freistaat des Ministerpräsidenten erwähnte den Vorfall nicht, der so gesehen ein Schlag ins Wasser war. Das schönste Abstrafen von Politikern nützt nichts, wenn es nicht angemessen wahrgenommen wird. Dies nur zum Thema »gnadenlos«.

Das Parathabenmüssen des Belastungsmaterials ist übrigens ein triftiger Grund, warum ich nicht in diesen gnadenlosen Talk-Shows auftreten will. Ich möchte keine Einzelheiten hervorzerren. Das heißt, ich würde schon wollen, aber dazu müßte ich meinen Kopf mit dem Scheißdreck anderer Leute vollstopfen, und dazu habe ich keine Lust. Ich will nicht wissen, in welchen Sümpfen der Kanzler mit seinen Dreckspfoten wühlt und wer alles mitmischt. Es ist zu unappetitlich. Ich verurteile lieber pauschal und ohne Angabe von Gründen. Das finde ich souveräner. So geht man mit Gesocks um, das man loswerden will. Sie sind entlassen! Es geht Sie nichts an, warum! Gibt man Gründe an, kann man sich verheddern. Jeder Jurist weiß das. Einer Kündigung mit Angabe von Gründen wird heute sofort und meist mit Erfolg widersprochen.

Aber grundlose Ablehnung kann man sich in Talk-Shows nicht leisten. Das wirkt nicht. Das Volk murrt und will am Abend Beweise sehen, die es am nächsten Morgen vergessen hat. Man muß schon nach Zetteln suchen und schallend vorlesen: Vor drei Wochen haben Sie aber noch behauptet, Sie hätten keine Kontakte zu diesem Fernsehsender, Herr Bundeskanzler. Doch jetzt stellt sich heraus, daß dort nicht einmal die simpelste Personalentscheidung ohne Ihren Segen getroffen wird. Erklären Sie das! – Das sitzt, denkt man. Sogar das »bitte« hat man weggelassen. Einfach nur ein gnadenloses »Erklären Sie das!« Aber der

Kanzler bricht nicht unter der Last dieser unglaublichen Anschuldigung zusammen. Statt des verendenden Röchelns muß man sich erneut Schaum aus dem Lügenmaul anhören. Diese Leute schäumen ja immer, aber in Wahljahren ist es besonders schlimm. Der Kanzler kommt mir vor wie eine dieser Dosen, aus deren Düse auf Knopfdruck ungenießbare Schlagsahne oder penetrant riechender Rasierschaum austritt. Erstaunliche Mengen, und man darf die Behälter leider nur in entleertem Zustand wegwerfen. Diese Begegnung tue ich mir nicht an. Für mich ist der Kanzler entlassen. Das Problem ist gegessen, wie es heute heißt. Schon wieder ein fragwürdiger Ausdruck. »Gegessen« heißt ja, daß die Sache noch verdaut werden muß. Den Kanzler und sein Geschmeiß verdaue ich nicht. »Geschissen« wäre richtiger, wenn man mitteilen will, daß man was los ist.

Obwohl ich mich entschlossen hatte, meine Absage an die Talk-Show morgen unwiderruflich zu bekräftigen, konnte ich nicht verhindern, daß mir vor dem Einschlafen ein paar kindisch schöne Kanzlervernichtungsphantasien im Kopf herumgingen, bis ich mich zur Ordnung rief und mir sagte, daß mein Bett ein zu heiliger Ort ist, um dort an dieses schaumspeiende Blechmonster zu denken. Aber der Drachentöter ist natürlich nicht ohne Grund eine Lieblingsfigur im Märchen, und die Belohnungen, die dem Siegreichen winken, sind köstlich.

Dann fiel mir ein, daß ich nicht nur neulich bei Sina, sondern in letzter Zeit gelegentlich auch bei Inez ein gewisses Schwärmen von den »gnadenlosen« Liebhabern in Büchern und Filmen vernommen hatte, verbunden mit einem abfälligen Gekicher über »softe Typen«. Das war mir ziemlich intellektuell vorgekommen, nun schien es mir plötzlich, als ob eine echte, genüßliche Sehnsucht mitgeschwungen hatte, als ob die Señoras mir damit ein Zeichen geben wollten, ein ernsthaftes Signal, dem ich nachgehen mußte, ehe es zu spät war. Das erschien mir wichtiger als das letzte Hätscheln meiner Karriere. Die Liebe ist hart, sagt man, vielleicht noch nicht hart genug.

16 Wenn Frauen keinen Frieden wollen

»Sie werden doch nicht etwa Ihren Frieden mit dem Schwein gemacht haben, das können Sie mir nicht antun.« Die Stimme von Amy klang gefährlich. Jetzt ein falsches Wort, und sie würde sich für immer von mir abwenden. Ich nannte sie Amy, weil ich sie mir vorstellte wie Grace Kelly in diesem berühmten Wildwestfilm, den ich einerseits erhebend, andererseits ein bißchen aufdringlich finde, weil er uns beibringen will, daß jeder einzelne die verdammte Pflicht hat, das Böse zu bekämpfen: »High Noon.« Es ging wieder einmal um die Wahl beziehungsweise um den Kanzler, und das Gespräch fand wieder einmal am Telefon statt. Was kann man tun, daß dieses seit Jahren jeder Beschreibung spottende Scheusal mitsamt seiner Ekelmannschaft nicht wieder gewählt wird? Das war die Frage, die Land und Leute bewegte, also auch Amy und mich, während der Kanzler seinerseits bewegt war, weil er zum französischen Nationalfeiertag eine Einladung ins schöne Paris erhielt und auf der Prachtstraße stolz seinen europhilen Wanst zur Schau stellen durfte. »Erwarten Sie nicht, daß ich mich zu einem Attentat hergebe«, hatte ich in die Sprechmuschel gesagt, und diese Bemerkung legte mir Amy gleich als Zeichen meiner politischen Gleichgültigkeit aus. Dagegen mußte ich mich sofort wehren: »Ich werde das Schwein bekämpfen, solange es vor unser aller Augen herumgrunzt«, versprach ich.
»Schon besser«, sagte Amy. In den knapp zwei Stunden unseres Gesprächs hatte sie meinen alten Zorn auf Touren

gebracht, obwohl ich mir doch vorgenommen hatte, mich nie wieder für irgendwelche verdammten guten Zwecke einspannen zu lassen, schon gar nicht von irgendwelchen Parteien.
Es gab diese völlig indiskutablen Regierungsparteien. Deren Vertreter konnte man schlecht ignorieren, denn sie waren in den Medien naturgemäß pausenlos präsent. Deswegen auf die Freuden des Fernsehens zu verzichten, ging zu weit. Vor allem bestanden die Freuden ja zu einem großen Teil darin, sich an den Horrorvisagen irgendwie zu weiden und ihre Botschaften als Lügen zu entschlüsseln. So ist der Mensch. Er will Sport und Spiele, er will sich gruseln und Ärsche sehen und sich dabei das erhabene Gefühl gönnen, schlauer zu sein und deren Urlaute als Furze zu erkennen. Das ist seine Rache. Die vielbeschworenen Väter der Verfassung hatten sich das vermutlich anders vorgestellt. Zeitungen konnte man auch nicht abbestellen, die brauchte man schon wegen des Fernseh- und Kinoprogramms. Beim Zeitunglesen ärgerte man sich weniger über das Mastvieh selbst – besser Machtvieh – als darüber, daß es so unkritisch dargestellt wurde. Es sollte Intelligenzblätter geben, in denen über die Proletenpolitiker der Regierung mit echter Achtung berichtet wird. Aber selbst wenn man sich entschloß, nicht mehr fernzusehen und Zeitung zu lesen, konnte man die Wahlplakate nicht übersehen, deren erbärmliche Sprüche einem »die Brechzentren bearbeiten«, wie der Dichter schön drastisch sagt. Weiß nicht welcher. Elena fragen. Big Benn heißt er, oder so ähnlich.
Der Haken an Amy war, daß sie einer Partei angehörte. Ich wollte vor Schreck gar nicht wissen welcher. »Seien Sie still, belasten Sie mich nicht«, rief ich, als sie es verraten wollte,

ins Telefon, wirklich erschrocken vermutlich, denn Amy lachte entzückend auf. War ja klar, daß sie zu den Roten oder Grünen gehörte, sonst hätte sie nicht angerufen. Zu welcher dieser beiden Parteien, war mir ziemlich egal, beide nervten, enttäuschten und langweilten einen seit Jahren, beiden mußte man händeringend alles Gute wünschen, das war das Schlimmste. Man ärgerte sich halb tot über diese halbherzigen und sauertöpfischen, ängstlich taktierenden Roten, die eine jahrelange Erfolglosigkeit entkräftet hatte. Während die beiden Regierungsparteien auf ihre Kotzbrockenart bürgernah waren, bemühten sich die Roten verzagt um die gottverdammte Bürgernähe, und das war furchtbar anzusehen. Deswegen sah man weg. Man wünschte zwar der Regierung das Versinken in der bürgernahen Kloake, blubber, blubber soll der Kanzler machen, ehe er untergeht, damit er uns als Nilpferd in Erinnerung bleibt. Aber was wirklich dagegen tun? Sich engagieren war eine peinliche Sache.

»Wem sagen Sie das!« Amy gehörte zum linken Flügel. Komisch, daß man das immer sofort hört. Leute vom linken Flügel haben noch einen halbwegs natürlichen Ton, sie können über die eigene Partei herziehen, das macht sie menschlich. Sie sind anstrengend, weil man sie beim unumgänglichen Pauschalverwünschen der Politiker ausnehmen muß. In meiner aktiven Zeit hatte ich ein paar solcher Außenseiter kennengelernt. Sie schüttelten nicht gleich den Kopf über meine undemokratischen Methoden, deshalb verstand ich mich ganz gut mit ihnen. Ich hatte ihnen das Versprechen abgenommen, mich nie um einen politischen Gefallen zu bitten, weil ich nicht in Versuchung kommen wollte, mir meine gepflegte Parteienverachtung zu verderben. Mordsmäßig herumschimpfen und heimlich mitmachen, das ist nicht mein Fall. Ich wollte sauber und unabhängig bleiben.

»Amy«, rief ich, »uns trennen Welten!« Mir wurde bei diesen Worten ganz tragisch zumute. Falls ich mich doch noch auf die Sache einlassen würde, dann nur, um Amy zu retten. Sie durfte nicht in den Klauen einer Partei verkümmern. »Wenn die Regierungsparteien nicht aus dummdreisten, verdrucksten, hinterfotzigen, verfilzten, feigen Kojoten bestünden«, sagte ich, »sondern aus satanischen Ungeheuern und sadistischen Hochverrätern, dann würde ich keine Sekunde zögern, auch nicht, wenn die Oppositionsparteien wirklich, sagen wir ...!« – »Schweigen Sie«, sagte Amy, »ich kenne den Konflikt.«

Amy rief aus der alten Hauptstadt an. Die kleine Stadt am großen Fluß. Ich nenne sie Sugar City, weil sie so süßlich und bunt wie ein Bonbon ist und so scheußlich schmeckt. Sugar City liegt am Old River Rhine. Ein Örtchen, das sich wie viele Städte des alten Wilden Westens langsam darauf vorbereiten muß, allmählich in Bedeutungslosigkeit zu versinken.

Ich rechnete es Amy hoch an, daß sie mir nicht mit den Vorwürfen kam, mit denen heute jeder Popsänger auf Tournee von windigen Lokalreportern überfallen wird, wenn er Liebeslieder, aber keinen Song gegen den Krieg im neuen Repertoire hat. Amy fragte mich nicht, ob und warum ich mich ins Privatleben zurückgezogen hatte, sie akzeptierte es offenbar. Nach einer geradezu andächtigen Pause stöhnte sie milde ins Telefon: »So geht es doch aber auch nicht weiter!« Womit sie zweifellos recht hatte.

Sie war zu jung, um mich von früher zu kennen, wußte

aber über meine Auftritte Bescheid. Man plante ein großes Oppositionsspektakel, dafür wollte sie mich gewinnen. »Ich gebe nicht so schnell auf!« Die Art, wie sie das sagte, machte mich hin und hörig. Ich war schon längst bereit und widerstand nur noch, um das Gespräch nicht abreißen zu lassen. Das Spektakel sollte keine normaldröge Wahlveranstaltung sein, sondern ein parteiübergreifendes Fest. Fähnchen mit dem Kanzlerkandidaten der Opposition werde ich vergeblich suchen, sagte sie. Das Novum sei, nicht parteifromme Leute um sich zu scharen, sondern Leute mit Charakter, je störrischer, um so besser. Aggressiv und selbstkritisch solle es zugehen. Es habe lange gedauert, die alten Spießer in der Parteispitze zu überzeugen, übrigens auch von meiner Teilnahme. Aber schließlich habe es ihnen eingeleuchtet, daß man sich nur so von den konservativen Regierungsärschen unterscheiden könne.
»Was um Himmels willen soll dabei meine Rolle sein?« fragte ich Amy. Erstens sei ich Ehrengast, sagte sie, und dann solle ich einfach, wenn mir danach zumute sei, aus dem Stegreif etwas von den alten Zeiten erzählen und dabei ungezwungen auch auf die Gegenwart zu sprechen kommen. Sie sei sicher, daß ich dann ganz schön vom Leder ziehen werde. Ich brauche kein Blatt vor den Mund zu nehmen, keine Schonung, keine Verklärung der Opposition, allerdings auch keine Schonung der Regierung, sagte Amy fast streng. »Man muß es diesen Typen endlich zeigen. Es soll ein gnadenloses Fest werden, das ist unsere letzte Chance.«
Sie hatte noch ein paar andere alte Haudegen eingeladen und nannte die Namen Rob und Hen und Bill. Von denen hatte ich lange nichts mehr gehört. Man kann nicht sagen,

daß wir früher Kampfgenossen waren. Wir faßten immer mal gemeinsame Auftritte ins Auge, es kam nie dazu. Wir hatten zwar ähnliche Ziele, aber jeder von uns benutzte andere Waffen und Methoden. Eben deswegen hätten wir uns nach dem Prinzip der Glorreichen Sieben wenigstens zu den Glorreichen Vier zusammenschließen können, um unsere verschiedenen Qualitäten zu vereinen und unbesiegbar zu sein. Wenn der Stärkste und der Schnellste, der Hellste und der Furchteinflößendste zusammen in Sugar City oder sonstwo einreiten, dann haben die Drecksäcke keine Chance mehr. Aber nicht einmal wir vier konnten uns einig werden. Einer war mehr fürs brutale Erledigen, der andere fürs Quälen, einer wollte die Attacke eher komisch, der andere eher ernst. Und so waren wir allein unserer Wege gegangen und hatten uns nur selten gesehen.
Nun hatten sich genügend gute Gründe angesammelt, meinen Nichteinmischungsvorsätzen untreu zu werden. Erstens: Amy kennenlernen, zweitens: alte Freunde wiedersehen, drittens: Amy aus den Fallstricken ihrer komischen Partei erlösen, viertens: mit der Einmischerei das Gewissen ein bißchen beruhigen, fünftens: eine Handvoll Dollar verdienen, sechstens: auf die alten Tage noch ein paar Erfahrungen sammeln, und schließlich, aber das nur nebenbei, einen günstigen Augenblick abpassen und dann zu Amy in etwa folgendes sagen: Apropos gnadenlos, was halten Sie von einer gnadenlosen Nummer im Bett? Das Honorar war übrigens anständig. Um mir das beklemmende Gefühl zu ersparen, Geld von einer Partei überwiesen zu bekommen, versprach Amy, die Zahlung über eine Stiftung abzuwickeln. Sogar dafür hatte sie Verständnis.
Nach drei Stunden war das Telefongespräch beendet. Zum

Glück war ich allein im Haus. Wäre auch nur eine der Señoras dagewesen, hätte ich mich nicht so exzessiv gehenlassen. Zwar kann ich in meinem Haus machen, was ich will, aber ich will nicht für ein Waschweib gehalten werden. Kaum hatte ich aufgelegt, schrillte es wieder. Es war der Provinzmephisto von gestern, der mich zur Talk-Show einladen wollte und mir Bedenkzeit aufgezwungen hatte. Er war heute nicht aufdringlich, was daran lag, daß der Kanzler seine Teilnahme abgesagt hatte und der Kanzleramtsminister auch. Damit stand das Thema der Runde in Frage. Das wollte er mir nur mitteilen. Wahrscheinlich werde man sich statt dessen über Tierliebe unterhalten, sagte er.
Ich war noch so erfüllt von Amy, daß ich dem Mephisto von ihr erzählen mußte. Auch machte es mir ein boshaftes Vergnügen, ihm zu stecken, daß ich durchaus noch zu gewissen Aktivitäten zu überreden sei und schwärmte von dem Garn, in das Amy mich gesponnen hatte.
»Da habe ich als Schwuler natürlich keine Chancen«, sagte Mephisto. Ich fing an, verlegen zu stammeln, und er sagte: »Ist schon okay! Hören Sie bloß auf, sich jetzt auch noch zu entschuldigen!« Dann prophezeite er mir, daß keine Talk-Show der Welt so gräßlich sein könne wie das, worauf ich mich eingelassen habe, wünschte mir aber fast ohne Häme alles Gute und machte mich abschließend darauf aufmerksam, daß es in dem High-Noon-Film andersherum gewesen sei: Dort habe der Held die Frau von der Notwendigkeit des Eingreifens überzeugen müssen.
»Die Zeiten haben sich verändert«, sagte ich. Mit vierundsechzig kann man sich solche Sätze leisten.

17 Der Zug nach Sugar City

Ich hatte nicht den Nachtzug nach Sugar City genommen, und das war der erste Fehler. Nachtzüge sind heute noch so wie früher. Das Gedränge in den Liegewagen hat den Vorteil, daß die Waggons mit den normalen Abteilen meist ziemlich leer sind. Man hat ein Abteil für sich, zieht die Vorhänge zu und die Sitze aus und nächtigt wie ein König. Statt dessen hatte ich einen schnellen, modernen Zug gewählt, der mich tagsüber in wenigen Stunden ans Ziel bringen würde. Warum? Weil ich auf die Señoras gehört hatte. »Du bist kein Tramp mehr«, hatte Elena gesagt, »kein Habenichts, der in Postzügen als blinder Passagier mitfährt, schmink dir das ab, wir leben nicht mehr im Wilden Westen.« Das klang einleuchtend. Ich nahm also den blitzschnellen Zug aus selbsterzieherischen Gründen, und ich bereute es bitterlich.
Inez brachte mich zum Bahnhof. Für Bahnhöfe ist sie zuständig. Die Erinnerung an die herzzerreißenden Abschiede und Wiedersehen mit ihr lassen noch heute mein Herz schneller klopfen und ihres hoffentlich auch. Sie hatte mich einmal verlassen wollen, das Luder. Das heißt, sie hatte mich verlassen. Aber sie ist zurückgekehrt.
Leise sang sie mit ihrer leichten südländischen Stimme die letzte Strophe des »Freight-Train-Blues«, die wir beide so liebten, obwohl der Text wenig mit der Wirklichkeit zu tun hat. »When a woman gets the blues, she goes to a room and hides, when a man gets the blues, he catches the freight-train and rides.«

Der pfeilschnelle Superzug war überfüllt, und ich gehörte zu den unglücklichen 20 oder 30 Personen, die keine Platzkarten hatten, den Zug von vorn bis hinten mit schwindender Hoffnung mehrmals abliefen und ständig ungerührte fremde Menschen fragen mußten, ob der Platz neben ihnen frei sei. Die Jüngeren verloren bald die Geduld und setzten oder legten sich auf den Boden. Erster Klasse, zweiter Klasse – alles gleich. Wenn du dich dann in deiner Not einfach auf einen freien Platz setzt, erscheint sofort dessen rechtmäßiger Inhaber, zeigt dir seine Reservierungskarte, als sei er von der Mordkommission, und vertreibt dich. Nun mußt du auf deiner Odyssee über die am Boden sitzenden und liegenden Körper hinwegsteigen, die keinerlei Anstalten machen, die Beine einzuziehen.
Du begreifst diesen verdammten Zug plötzlich als Bild für die verdammte moderne Gesellschaft: Wer Platz gefunden hat in diesem Billigluxus, kann sich ins Polster kuscheln, einen Kopfhörer beim Betreuungsteam erwerben und Legebatteriehuhnmusik hören. Früher bestand der sehr viel sinnvollere Luxus darin, daß man in vollen Zügen zusammenrücken konnte. Das war nicht angenehm, aber es war nicht demütigend. Auf den Gängen gab es Klappsitze, und wer an heißen Tagen stehen mußte, konnte das wenigstens am offenen Fenster tun. War der Zug schön leer, konnte man es sich bequem machen und Raum schaffen. Vom Talmi der Gegenwart zurückblickend, erschienen die speckigen Sitze der alten Züge mit ihren Zigarettenbrandflecken plötzlich als Paradies. Die neuen Superzüge boten den Sitzlosen keinerlei Ecken für eine provisorische Zuflucht. Wer in diesem falschen Luxus keinen Platz fand, der hatte nicht einmal die Möglichkeit, anständig zu verwahr-

losen. Die hier schuldlos auf dem Boden kauernden Menschen wirkten lästig und deplaziert. Dieser Zug nahm ihnen die Würde. Sie konnten sich nicht einmal mehr aus den verschlossenen Fenstern und Türen stürzen.
Ich faßte die Lehre aus diesen Erkenntnissen zusammen. Erstens: Nie wieder Leuten glauben, die dir sagen, du bist zu alt, den vergammelten Nachtzug zu nehmen. Man ist nie zu alt, ein Tramp zu sein. Auch den Señoras darf man nicht alles glauben! Und zweitens: In diesem Zug kapiert man nicht nur das hinterhältige Wesen des Wohlfahrtsstaats, sondern auch die höhere Bedeutung von Wahlversprechen. Nach erlittenen Strapazen dürfte die Anfälligkeit für politische Schnapsideen ziemlich hoch sein. Eine Partei, die, nehmen wir an, auf Bahnhöfen den entnervten Reisenden Flugblätter in die Hand drückt, auf denen die Privatisierung von Bahn und Post verdammt und der Verkauf aller Superzüge nach Afrika empfohlen wird, könnte vermutlich mit einem Stimmenzuwachs rechnen.
Auf dem Platz, wo ich auf meine erneute Vertreibung wartete, beherrschte die Hitzewelle das Gespräch der Mitreisenden. Selbst hier im kühlen Zug stöhnten sie, und ich litt unter dem Gerede, dem ich nicht entrinnen konnte. Endlich einmal überall ein schöner, heißer, südlicher Sommer. Aber die Menschen klagten in einem fort und diskutierten, ob die Temperaturen noch normal oder Vorboten des Weltuntergangs seien. Hier saßen keine Warenhausgeschäftsführer. Die hatten wirklich Grund zur Klage, weil die Leute bei dem wunderbaren Wetter weniger einkauften. Unter dem völlig in Vergessenheit geratenen uraltultralinken Aspekt des Konsumterrors natürlich eine erfreuliche Erfahrung. Es zeigt sich, daß man im großen und ganzen mit

dem auskommt, was man hat. Interessant übrigens, daß der Bierkonsum in den Südstaaten nicht proportional zu den Temperaturen gestiegen war. Ein Hoffnungszeichen? Hatten es die Leute satt, sich noch mehr mit der Volksverdummungsbrühe zu benebeln? Schon waren die Brauereien, die nicht auch nüchternes Mineralwasser im Programm hatten, in den roten Zahlen. Jetzt stell dir vor, du bist Politiker, und nach deiner Wahlrede soll bürgernah gefragt und geantwortet werden, und dann erhebt sich so ein netter Brauereibesitzer und sagt etwas von Entlassungen. Schon steht die Furcht im Gemeindesaal. Was deine Partei dagegen zu unternehmen gedenkt? Gerade die mittelständischen Betriebe müssen doch gepflegt und vor den Konzernen in Schutz genommen werden, oder nicht? Was sagst du so einem? Du wirst dich dafür einsetzen, daß die Leute wieder mehr saufen, oder was?
Ungeachtet des neuen Mineralwassertrends erschien der Inhaber meines beziehungsweise seines Platzes in einer hellblauen Trainingshose mit vier Dosen Bier in den Händen, die er wie ein guter Vogelvater in seinem Nest verteilte. Um nicht allzu demütig das Feld zu räumen, verharrte ich noch einige Sekunden auf meinem Platz, ehe ich mich erhob. Nun geschah das Schlimmste: Eine der Ehefrauen hatte keine Lust auf Bier, und er bot mir ihre Dose an, geschenkt. »Behalten Sie Ihr Geld.« Die Trainingshose glaubt, daß drei Wagen weiter Richtung Speisewagen noch ein Platz frei ist. Das Allerschlimmste: Obwohl ich selten in meinem Leben eine solche Lust auf ein eiskaltes Bier hatte, brachte ich es nicht fertig, die Gnadengabe anzunehmen, und entfernte mich durstig und verwirrt von meinen Einschätzungen.

Tatsächlich war der von der hellblauen Trainingshose angegebene Platz frei, und ich fand Zuflucht bei einer 50jährigen strohgelben Dauerwelle, Typ Kaffeeverwöhnaroma, die an den Lippen eines jungen Mannes hing, der sich als ein von seiner Ausbildung schwärmender Offiziersanwärter entpuppte. Als müsse er eine Heiratsanzeige aufgeben, beschrieb er ständig seine eigenen Charaktermerkmale, die er stolz mit den Worten krönte, er sei »erfolgsorientiert« und »leistungsbewußt«. Muß man sich mal vorstellen. Solchen Quark schnappt der auf und schmückt sich noch damit. Ein Abiturient! Was hat so einer in der Schule gelernt? Vor lauter Staatsbürgerkunde und Paukerei, Berufsaussichtsneurosen und Arbeitsplatzpanik hat so ein Typ das Mindestmaß an natürlicher Skepsis gegenüber solchem kursierenden Schwachsinn nicht mitbekommen. Da fehlt ein Ziegel. Ein richtiger Dachschaden ist das. Es gehört doch auch zur Menschenwürde, daß man nicht einfach alles nachplappert. Und so einer findet eine Zuhörerin, die ihm mit verklärtem Blick lauscht und sich den aufgeweckten jungen Mann vermutlich als idealen Schwiegersohn wünscht.

Des Menschen Hirn ist weich wie Butter. Den fürchterlichsten Blödsinn kann man ihm einhämmern. So gesehen erstaunlich, daß alles nicht noch viel schlimmer ist. Und doch: Was für ein erstaunlicher Fortschritt immerhin! Es ist nur einige Jahrzehnte her, da haben die Soldaten von Eroberungsfeldzügen geschwärmt und vom Heldentod. Allerdings gab es auch zivilere Zeiten, ich rede von den 60er Jahren des verdammten Jahrhunderts, da hätte es im ganzen Wilden Westen keiner gewagt, sich in einem Zug als Offiziersanwärter aufzuspielen. Was weiß ich, vielleicht hielt

man damals Soldat sein ja auch für einen ganz normalen abartigen Beruf, ohne den es tatsächlich nicht ging, so wie Kammerjäger oder Klofrau.
Der Offiziersanwärter war alles andere als ein zackiger Scharfmacher, er war geprägt, aber nicht verhetzt. Man mußte auch noch heilfroh sein, daß es solche Leute gab. Der würde vermutlich nicht davor zurückschrecken, seinen Vorgesetzten anzuzeigen, wenn der mal ein rechtsradikales Liedchen grölt. Und wenn einen eine Horde rechter Nacktschädelsäue schikaniert, war dieser erfolgsorientierte junge Mann bestimmt einer, der beherzt eingreift. Trotzdem brachte er mich zur Verzweiflung mit seinem Geschwätz. Leute dieser Art hatten früher immer über mich und meine Maßnahmen den Kopf geschüttelt. Es ist fast nicht möglich, vernünftige Einwände gegen diesen Typus vorzubringen. Jetzt versuchte der moderne Soldat bei seiner schwiegermütterlichen Zuhörerin die politische Richtung zu ertasten, indem er die Kompetenz des Kanzlerkandidaten der Opposition in Zweifel zog. Ihre beifällig abfälligen Seufzer zeigten ihm, daß er weitergehen konnte, und er sagte dann ungefähr folgendes: »Man kann gegen den Kanzler sagen, was man will, so schlecht ist er gar nicht.«
Absolut solidarisches Nicken der Schwiegermutter.
Hier erklang sie: des Volkes Stimme. Harmlos und ohne Eifer. Es gab keinen Grund, auf den Tisch zu hauen und einzugreifen. Ich mußte es einfach nur ertragen, wollte ich nicht wieder auf die Wanderschaft gehen. Man spricht so viel von den rechten Säuen. Wie selten geschieht es, daß man neben einer solchen sitzt, die einem Grund genug gibt, ihr übers Maul zu fahren.
Da ich wenigstens nicht wie einer aussehen wollte, der

zustimmt, hob ich eine Augenbraue leicht an. Das kann ich noch von früher. In der Zeit, als ich Waffen trug, hieß das: Vorsicht, wenn es so weitergeht, kann es knallen. Das kleine Signal genügte. Hocherfreut, sich endlich an einer ersehnten Reibfläche zu entzünden, sagte der Soldat freundlich in meine Richtung: »Der Herr scheint nicht ganz einverstanden zu sein.« Das klang so, als habe er auf seinem Offizierslehrgang die ganze Woche geübt, wie man locker eine Diskussion leitet.

Ich habe eine fast unüberwindliche Abscheu vor Gesprächen dieser Art. Da ich mich aber aus mir längst unverständlichen Gründen von der verdammten Amy zu dieser Einmischungstour hatte überreden lassen, hielt ich es für sinnvoll, die Gelegenheit zu nutzen und mich ein wenig vorzubereiten. Um mich jederzeit wieder zurückziehen zu können, gab ich meiner Sprache den stärksten spanischen Akzent, den ich zur Verfügung hatte, und behauptete, Ausländer zu sein, den das alles nur am Rande anginge. Während ich das sagte, hatte ich das Gefühl, daß die Lüge die reine Wahrheit war. Was ging es mich an. Der Soldat und seine nickende Quasischwiegermutter protestierten energisch: Gerade für Ausländer sei die bevorstehende Wahl enorm wichtig, es sei eine Schande, daß die hier wohnenden Ausländer kein Stimmrecht hätten, man müßte ihnen mehr Rechte geben. Was sollte ich gegen diese politische Totalvernunft, gegen so viel redlichen Staatsbürgersinn einwenden.

Ich raffte mich auf und sagte: »Man kann gegen den Kanzlerkandidaten der Opposition sagen, was man will, das mit dem fehlenden Charisma kann ich nicht mehr hören.«

»Was man nicht mehr hören kann, muß noch nicht falsch

sein«, sagte der Offiziersanwärter triumphierend, aber nicht ganz zu Unrecht.
»Ich finde das fehlende Charisma ist das Beste an ihm«, sagte ich.
Zum Glück verzichtete der Musterdemokrat in Uniform auf eine Antwort, und ich fuhr fort: »Lieber eine graue Maus als eine charismatische Führernatur. Lieber eine Null an Ausstrahlung als diese Null, die noch immer herumposaunt und deren einzige Ausstrahlung die Selbstgefälligkeit ist.«
Jemand tippte mir von hinten auf die Schulter. Es war mein alter Freund Bob.
»Hört, hört, der Señor Donde hat gesprochen«, sagte er.
Wir fielen uns ungeschickt um den Hals, und Bob sagte, er säße im Speisewagen, und es sei noch ein Platz an seinem Tisch frei. Ich ließ meinen spanischen Akzent sein, verabschiedete mich höflich, folgte Bob in den Speisewagen und fühlte nicht ohne Genuß die verwunderten Blicke meiner Asylgewährer auf meinem Rücken.

18 Mein alter Freund Bob

Bob wohnte noch immer in der Stadt, die ich Dirty Money City nenne, die Stadt mit dieser Unmenge von schmutzigem Geld und diesen vielen blitzblanken Hochhäusern und Banken. Dort war er in den Zug gestiegen, während ich mich mit meinem Offiziersanwärter befaßt hatte. Vor dem geplanten Spektakel in Sugar City hatten wir beide einigen Graus, um nicht zu sagen Bammel. Auch Bob war von Amy eingewickelt worden. Wir hätten uns nicht dafür hergeben sollen, fanden wir, und trösteten uns damit, daß diese Veranstaltung ein Beitrag zur Abwahl der Scheißregierung sein sollte, also immerhin etwas Destruktives und somit Standesgemäßes. Wir schworen aber, uns künftig nie mehr und von keiner Amy der Welt zu solchen guten Taten breitschlagen zu lassen, denn was die Opposition betraf, haftete der Veranstaltung bei aller erwünschten gnadenlosen Selbstkritik unweigerlich der Makel des Positiven an. Es würde anstrengend werden, weil wir erhebliche Bedenken gegen unsere Auftraggeber hatten, ihnen aber nicht in den Rücken fallen konnten, wollten und durften, denn das war nicht Sinn der Sache. Ein Balanceakt – und das in unserem Alter.
Offenbar sah ich zerknirschter aus, als mir zumute war. »Fang nicht an zu heulen«, sagte Bob, »so schlimm ist es auch wieder nicht.« Er kannte ein paar Poeten, die schrieben in Zeitungen, die ihnen durchaus nicht geheuer waren, so war das Leben eben. Zuviel Sauberkeit sollte man also nicht von sich verlangen.
Jetzt fiel uns ein, daß eine der tausend blöden Wahlparolen:

»Versprochen, wir bleiben sauber« lautete. Und dazu passend die Variante: »Sachlichkeit statt Schmutz«. Sofort machten wir uns daran, die Parolen zu verbessern. Interessanter wäre zum Beispiel die Behauptung: »Sauberkeit ist unmenschlich« – nein, das war zu massiv und nicht griffig genug. »Sauberkeit ist Illusion.« Das war gut. Das war richtig. Und darunter dick das Wahlversprechen: »Wir sorgen für Schmutz und Spannung!«
»Sehr gut«, sagte Bob, »wie nennen wir die Partei?«
»Die Unregierbaren«, sagte ich.
»Geht nicht«, sagte Bob, »die gibt es schon.«
Wir unterhielten uns gut, gerieten immer mehr ins Witzeln und machten uns lustig über den ewigen Ruf der Besorgten, daß es fünf vor zwölf sei. Bob versuchte zusammenzurechnen, seit wie vielen Jahren diese Mahnung schon verbreitet wird, und kam auf 21. Seit 21 Jahren stellt sich alle drei Minuten auf der Welt ein Mensch vor eine Fernsehkamera und sagt mit bebender Stimme: »Es ist fünf vor zwölf.« Was kann das bedeuten? Richtig, daß die Uhren stehengeblieben sind.
Wir wurden immer satirischer, und es wurde uns klar, daß dies keine gute Vorbereitung für unseren Auftritt in Sugar City war, der keinesfalls im Witzemachen untergehen durfte. Ich überlegte, ob ich wieder zu meinem leistungsorientierten Offiziersanwärter zurückgehen sollte. Das waren die natürlichen Quellen, die man nicht genug ausbeuten konnte. Reines Gold war das für den, der aus der Dummheit Kapital schlägt. Kaum unterhält man sich mit Kollegen oder mit Gesinnungsgenossen, verliert das Dasein seinen Schrecken und wird ganz leicht. »Geh nur«, sagte Bob, »ich verstehe dich.«

Ich blieb natürlich. Man muß sich nicht ständig mit Haß und Verachtung und den unvermeidlich folgenden Zweifeln an der Berechtigung von Haß und Verachtung aufladen. Wir riefen uns daher zur Ordnung und beschlossen, uns auf das Spektakel etwas vorzubereiten. »Sonst wird es noch fürchterlicher«, sagte Bob. In gewisser Weise waren wir als Altmeister engagiert, und wir durften uns mit unseren Auftritten den verbliebenen Ruf nicht ruinieren.

Wir hatten beide unsere Waffen nicht dabei. Bobs Bewunderer hatten ihn früher immer als Meister des Floretts bezeichnet, um damit auszudrücken, für wie fein und elegant sie seine Attacken hielten. Hen, der auch in Dirty Money City lebte und angeblich ebenfalls zugesagt hatte, war mehr der Mann des Degens gewesen. Bob spießte die großen Idioten auf. Hen erledigte sie mit kräftigen Hieben. So jedenfalls damals die Presse. Mir hatten sie einen Revolver zugeschrieben. »Dabei ist doch eigentlich der Dolch deine Waffe«, sagte Bob. Eine unverschämte Bemerkung, fand ich. Ein Dolch ist für mich das Werkzeug des Meuchelmörders. Aber Bob meinte, wieso, mit dem Dolch würde man Tyrannen in den Rücken stechen, das sei doch in Ordnung. Im Speisewagen des Superschnellzugs durfte man nicht rauchen, was mir jetzt erst schmerzlich auffiel. Beim Thema Mord und Totschlag habe ich mir schon immer gerne eine angezündet. »Die Tyrannen sterben aus«, sagte ich, offenbar etwas zu laut. Selbst im Speisewagen des pfeilschnellen Hochgeschwindigkeitszugs sitzen nicht nur stromlinienförmige Menschen. Vom Nebentisch sah ein erboster Herr zu mir herüber und fragte, ob er mir ein Zeitungsabonnement schenken dürfe, damit ich besser im Bilde sei, was auf der Welt los ist. Ich blieb aber bei meiner riskanten These und sagte zu Bob, so daß der Fremde im Zug es hören konnte: »Trotzdem, die Tyrannen sterben aus, und wir mit ihnen.«

»Hallodri«, sagte der aufgeweckte Mitreisende, klappte sein elektronisches Notizbuch zusammen und verließ den Speisewagen.

»Siehst du«, sagte ich zu Bob, »du kannst heute nur noch provozieren, wenn du behauptest, es wäre alles nicht so schlimm. Damit zwingst du die Leute, die noch Kritikreserven oder ein Bedürfnis nach Aufrichtigkeit in sich haben, zum Protest. Sie werden wütend, weil sie nun das Elend benennen und mit dem Finger auf die Wunden deuten müssen, und dazu haben sie keine Lust. Dafür waren wir früher da. Wenn du dich heute auch nur ansatzweise begütigend und verständnisvoll äußerst, bewegst du damit mehr als mit den wütendsten Beschimpfungen. Ich nenne diese Methode ›Beschwichtigungsprovokation‹. Davon abgesehen ist das mit den Tyrannen ja wohl richtig. Ermordenswerte Machthaber sind in unseren Breiten doch eher eine Seltenheit.«

Bob war dagegen, in Sugar City die Beschwichtigungsprovokation anzuwenden. Sie sei noch nicht ausgereift, sagte er. Den Verdacht hatte ich auch sofort, als ich sie eben aus dem Ärmel schüttelte. Im übrigen wollte Bob auf seine Kosten kommen und nicht Empörung hinterlassen. Er halte nichts von Leuten, die Veranstaltungen wütend verließen. Wenn die nach drei Tagen auf den Trichter kämen, sei er über alle Berge.

Eine ähnlich unausgereifte Idee von mir, die politische Rachearbeit von einst mit neuen Methoden fortzusetzen, war das, was ich »das Nicken« nannte. Der Schock war gewaltig. Die Methode bestand darin, irgendwelchen Bemerkungen

im großen Gefasel brunzdummer Politiker, die der normalintelligente Mensch zu Recht kopfschüttelnd sofort als leeres Stroh von sich weist, auf einmal mit leicht gespitzten Lippen zuzustimmen. »Zum Beispiel?« fragte Bob. Prompt fiel mir kein Beispiel ein. Zu Hause hatte ich einen Ordner. Neben dem dicken, alten und veralteten Ordner mit dem Belastungsmaterial, den ich früher gebraucht hatte, um meine Strafrituale zu legitimieren, hatte ich in letzter Zeit einen weniger dicken angelegt, in dem ich Sprüche und Kommentare von Politikern sammelte, die nur deswegen falsch waren, weil sie von falschen Leuten kamen. Jetzt griff ich zu einer herrenlosen Zeitung, um Bob ein Beispiel zu geben. Hier: »Dem rechten Mob entschlossen die Stirn bieten!« Das war ja wohl richtig. Wenn man von der kümmerlichen Tatsache absah, daß sich mal wieder ein Kanzler oder Präsident mit einer der billigsten Binsenwahrheiten beziehungsweise mit einer Binsenaufforderung Profil geben wollte, so war diese zumindest nicht falsch. Sie war sogar richtig. Was billig ist, muß nicht schlecht sein. So eine Sprechblase kannst du widerlich und idiotisch finden. Aber das tun mittlerweile alle bis auf ein paar totalverblödete Offiziersanwärter. Das Kopfschütteln ist so billig wie die Bemerkung selbst. Wenn du aber nickst, dann schockierst du. Schocken durch Nikken, eine neue Behandlungsmethode.
Bob war von meiner Schockmethode noch nicht überzeugt. Ich blätterte weiter in der Zeitung. Hier! Das war ja wohl auch richtig: »Altparteien im Europarausch!« Leider stammte die Feststellung von einer Partei der rechten Säue. Nimmst du aber die Formulierung aus dem braunen Maul, kochst sie dreimal ab wie einen halbgiftigen Pilz, dann ist sie genießbar.

»Du überschätzt das Publikum«, sagte Bob, »mit so was können wir denen nicht kommen. Das schockiert nicht, das kriegen die einfach in den falschen Hals.«
Nur noch ein Beispiel, sagte ich. Hier: Ein völlig verrücktgewordener Richter spricht eine rechte Sau frei. Das ist wirklich widerlich. Aber es ist beruhigend, wie auf diesen Spruch reagiert wird. Kein halbwegs demokratischer Politiker im ganzen Land, der nicht empört, entsetzt, gar verzweifelt, beschämt, zumindest aber zutiefst betroffen ist wegen dieses Urteils. Ich vermute sogar, daß diese Bekundungen zum Teil echt sind. Ein bißchen schämen die sich wirklich. Wir leben in keinem Höllenstaat, als anständiger Mensch muß man aber so tun. Wenn man nicht so tut, regen sich die Leute auf. So kann man sie also noch zur Empörung treiben. »Ein Schlag ins Gesicht der Opfer«, nennt die Justizministerin markig das Urteil, und auch damit hat die Tussi recht. Wenn du ihr das aber zugestehst, gibt es einen Aufstand.
Bob sah mich an und schüttelte den Kopf. »Ich glaube, das ist die falsche Methode«, sagte er. »Wenn die mal recht haben, sollten wir kein Wort darüber verlieren. Wenn sie Scheiß reden oder machen, sollten wir ihnen wie früher eins über die Rübe geben. Eine andere Sprache wird nicht verstanden. Alles andere ist zu kompliziert.«
Bob hatte recht. Und Tyrannen gab es auch noch genug. Dieser Richter war ein Tyrannenschwein. Er tyrannisierte einen mit seinem Urteil. Weil die Gerichte unabhängig sind, tyrannisiert er den Staat und die Staatsverdrossenen gleichzeitig. Womöglich freute sich diese rechte Drecksau auch noch über den Scheißhaufen, den sie produziert hatte, und über die Aufregung, die er verursachte. So einem ist

alles zuzutrauen. Der Vorsitzende des Richterbunds glotzt in die Kamera und spricht von einem Ausrutscher. Er will natürlich die heilige Unabhängigkeit der Gerichtsbarkeit nicht antasten. Den Mann könne man allenfalls versetzen, sagt er.
»Man könnte ihn ins Jenseits befördern«, sagte ich, über die Zeitung gebeugt. »Vielleicht sollten wir nicht nach Sugar City fahren, sondern zu diesem Richter. Am Bahnhof einen Dolch kaufen. Verdient hätte er es, und anders kommt man solchen Leuten nicht bei.«
»Die Vorstellung hat was«, sagte Bob, »ich sehe schon, du bist noch nicht verloren!« Dann bestellten wir einen Wein, um unser ins Kochen geratenes Gemüt zu beruhigen, und ich fragte Bob, der Umgang mit Poeten hatte, ob er wisse, von wem folgender Satz sei, mit dem ein längst fälliger Mord beschrieben wird: »Then he felt his knife going home.«
»Steinbeck«, sagte Bob wie aus der Pistole geschossen.
Der Name sagte mir nichts. Dann überlegten wir, wie wir das Spektakel in Sugar City am besten hinter uns bringen könnten. Wir durften uns nicht verheizen lassen. Wir durften uns nicht verraten.

19 Hängt ihn höher

Niemand holte uns in Sugar City auf dem popligen Bahnhof ab. Nach einem Anruf beim Organisationskomitee stellte sich heraus, daß Amy übers Wochenende mit einem Freund in ein verdammtes Blockhaus in den Bergen gefahren war. Bob trug den Schlag leichter als ich. »Calamity Amy«, sagte er und lachte, während es mich zu Boden drückte. Ich war nicht nur wegen Amy hier. Aber Frauen waren schon immer der Katalysator für meine Aktivitäten. Politisches Engagement: in Gottes Namen, ausnahmsweise, wenn es sich nicht vermeiden läßt, und möglichst nur, wenn ich mir des Beifalls oder meinetwegen auch der kritischen Beobachtung von Frauen sicher sein kann, aus denen ich mir etwas mache. Ist nicht die edelste Motivation, ich weiß, aber die zweitedelste. Bob sah mir meine schlechte Laune an und sagte, ich solle endlich erwachsen werden. Na gut, Bob muß Ende Sechzig sein, er ist fast fünf Jahre älter als ich und kann sich solche unverschämten Bemerkungen leisten. Wir schulterten unsere Reisetaschen wie früher den Sattel, wenn nach einem langen Ritt die Pferde versorgt und angebunden waren. So traten wir auf den Platz vor dem Bahnhof. Keiner wich uns aus, keiner erkannte uns. Wenigstens die Sonne dieses schönen heißen Sommers, den die Idioten »gnadenlos« nannten, wußte, was sich gehörte, und knallte vom Himmel wie in alten Zeiten.
Auf dem Weg zum Veranstaltungsort kamen wir an etlichen Ständen der Regierungsparteien vorbei, wo uns fröhliche Menschen Flugblätter entgegenstreckten. Sie machten ge-

winnende Gesichter und würden vermutlich auch noch weiter christlich lächeln, wenn man ihnen auf die Wange schlüge. Ich fand es schade, daß wir dem Alter entwachsen waren, in dem man mit Grobheiten solche Leute abwimmeln und Wahlplakate übermalen konnte: »Ab in die Zukunft?« – »Meinetwegen, aber ohne euch Schleimscheißer!« Ich machte ein feindseliges Gesicht, Bob aber griff nach den Flugblättern, verstaute sie in seiner Tasche und sagte, das Zeug brauche er, um sich ab und zu schiefzulachen.

Auf einer großen Wiese unweit des Zentrums sollte die Veranstaltung stattfinden. Es war früh am Nachmittag, und obwohl das sich über das ganze Wochenende ziehende Spektakel laut Plan um Punkt zwölf eröffnet werden sollte, war es noch nicht in Gang gekommen. Einzig die üblichen multikulturellen Imbißbuden dampften vor sich hin, und ihre orientalischen Betreiber verkauften die ersten Portionen Kebab und Fladenbrot an junge Eltern, deren Kleinkinder die bereits fix und fertigen Kinderspieleinrichtungen benutzten. An verschiedenen Stellen der Wiese waren Bretterbühnen aufgebaut, an deren Lautsprecheranlagen letzte Hand angelegt wurde. Auf einem dieser Podien mühte sich bereits ein Lokalkomiker vor einer Handvoll unentschlossener Zuschauer vergeblich ab. Nur das heiße Sommerwetter überstrahlte die Trostlosigkeit des ganzen Unternehmens. Bob zog die Nase kraus, und wir sagten gleichzeitig: »Sieht nicht gut aus.«

Endlich kam ein Mann vom Organisationskomitee, begrüßte uns desinteressiert, notierte unsere Kontonummer und sagte zufrieden: »So, das hätten wir schon mal.« Die Orientierungslosigkeit, auf die ich erst neulich ein hohes

Lied gesungen hatte, erschien mir plötzlich als Keim allen Übels. Ich mußte die Theorie noch einmal in Ruhe überdenken. Ein roter Parteibonze, ein Abgeordneter, glaubte Bob, den wir aus dem Fernsehen kannten, beobachtete wohlgefällig den Aufbau eines Transparents, auf dem die Worte zu lesen waren: »Wählt, was ihr wollt – was sonst!« Er kam auf uns zu, war angeblich über unsere Anwesenheit hoch erfreut, deutete auf das soeben gehißte Spruchband und sagte: »Ist das nichts?« Auf unsere Bedenken, ob das Spektakel nicht erheblich an mangelndem Interesse kranke, lachte er nur, faßte uns beruhigend an die Schultern und versicherte: »Deswegen sind Sie ja da, meine Herren, damit es nicht so bleibt.« Was wir eigentlich zum Besten geben sollten, wußte auch er nicht. »Haben Sie das denn nicht mit meiner Kollegin besprochen?« Morgen abend müßte Amy wieder hier sein, sagte er. »Wird schon schiefgehen.«
Im Hotel trafen wir Hen und Bill, die bereits gestern gekommen waren und auch nicht wußten, was sie hier tun sollten. Bill hieß eigentlich Max Kaminski wie dieser berühmte Jazztrompeter, aber ich nannte ihn Bill the Kid, weil er mit seinen fünfzig Jahren mit Abstand der Jüngste von uns glorreichen oder auch dreckigen alten Haudegen war. Old Hen war an die Siebzig und hatte schon ziemlich viele graue Haare. »Wir sind die Liberos«, sagte er. »Wir sollen die Veranstaltung morgen Abend in Schwung bringen.« Er war nicht von Amy, sondern von einer anderen, offenbar mit konkreteren Vorstellungen behafteten Person eingeladen worden, war besser informiert als wir und nun noch wütender über die schlechte Organisation der Chaoten. Er müsse sich auf seinen morgigen Auftritt vorberei-

ten, sagte er, ging grimmig auf sein Zimmer, drehte sich vorher noch einmal um und verkündete, daß dieser Auftritt nicht länger als 12 Sekunden dauern werde.

Was macht man an einem schönen Sommerabend in einem Kaff wie Sugar City? Es hält einen nicht im Hotel. Also begibt man sich dorthin, wo etwas los sein soll. Man schlendert zur großen Festwiese und schaut sich um. Da viele Bürger von Sugar City diesen Drang verspürten, war die Veranstaltung gut besucht. Die Imbißbuden hatten Hochbetrieb, die Düfte von Hammel, Knoblauch und Zimt vermengten sich. Auf den Podien spielten Musiker aus unterdrückten Volksstämmen sehnsüchtige Melodien und riefen vor und nach ihrem Spiel zu Solidarität und Spenden auf. Der Abgeordnete, der uns am Nachmittag begrüßt hatte, bat uns, zwischen den musikalischen Darbietungen ab und zu und zwanglos zum Publikum zu sprechen. Ehe wir noch protestieren konnten, sprang er behend auf das Hauptpodium, drehte die rasante Haremsmusik einer kurdischen Gruppe leiser, ergriff das Mikrophon und hieß uns aus übersteuerten Lautsprechern als »die großen alten Männer aus der Zeit der rauhen Töne«, die den Weg nicht gescheut hätten, willkommen, wobei er unsere Namen verwechselte, die hier allerdings sowieso keiner mehr kannte, wie man am ausbleibenden Beifall merkte. Er hoffe, daß wir vor unserem großen Auftritt morgen schon heute zwischendurch ans Mikrophon gingen, um vielleicht etwas aus der guten alten Zeit zum Besten zu geben, als das Wüten noch geholfen habe. Vielleicht könnten wir dem ratsuchenden Publikum ja auch die eine oder andere Wahlempfehlung geben, sagte er augenzwinkernd, und jetzt kam Beifall von seinen roten Parteifreunden.

»Ich reise ab«, sagte Bill the Kid zitternd, und als wir nicht sofort einstimmten, beschimpfte er uns als Handlanger des Establishments. In dem Punkt hatte er schon immer eine Schraube locker. Ich sagte, daß ich in jedem Fall auf Amy warten werde. Bob sagte, er fände eine Abreise übertrieben und werde schon deswegen bleiben, weil er morgen vormittag ins Museum gehen wolle. Und dann war Bill plötzlich der erste, der aufs Podium schritt, um auf die Unterdrückung aller möglichen Minderheiten hinzuweisen. Er könne in diesem Land nicht länger leben, wo Angehörige besagter Minderheiten um ihre Sicherheit fürchten müßten. Natürlich großer Applaus, das will man hören. Bill verschaffte sich immerhin einen respektablen Abgang, als er den billigen Beifall mit den Worten zerstörte: »Wer jetzt klatscht, der will sich nur entlasten. Tun Sie lieber etwas!« Sofort betroffenes Schweigen. Und schon war eine Gruppe trommelnder und flötender Indios auf der Bühne, die mit einem juchzenden Lied aus dem Andenhochland die Stille jäh beendeten.
Auf einer anderen Bühne führten Schüler einen Sketch auf, dem sie den schönen Titel »Hängt ihn höher« gegeben hatten. Erster Akt: Ein übergroßer, aufgeblasener Gummikanzler wird an einer Art Galgen hochgezogen. Unter der Riesenpuppe springen Kinder und versuchen, die Füße des Gehängten mit Nadeln zu erreichen. Währenddessen gibt der Henker einem soeben eingetroffenen Fernsehteam Auskunft und erklärt: »Wir mußten ihn aus zwei Gründen höher hängen. 1. damit die Kinder kein Loch in ihn stechen können und 2. weil man ihn nicht ernst genug nimmt, wenn er nicht hoch genug hängt.«
Zweiter Akt: Zwei Ehrenposten halten Wache unter dem

Mahnmal des hochgehängten Kanzlers. Ein Bote kommt vorbei und sagt, den Kanzler habe bei Ausstrahlung des Fernsehbeitrags über diese Aktion hier der Schlag getroffen. Darauf sagt ein Posten zum anderen: »Sollen wir ihn jetzt abhängen oder auf Halbmast?«

Dritter Akt: Gerichtsszene. Der Richter fragt den angeklagten Henker: »Haben Sie mit Ihrer Aktion den Tod des Kanzlers gewollt?« Der Verteidiger versucht dem Angeklagten mit heftigem Kopfschütteln zu bedeuten, daß er Nein sagen soll. Der sagt: »Also, den Tod nicht direkt. Ich wollte ihn mit dieser Aktion zum Rücktritt zwingen. Ein Kanzler, der in der Öffentlichkeit derart zum Gespött gemacht wird, dachte ich, kann doch eigentlich nur noch zurücktreten.« Der Staatsanwalt: »Sie haben den Tod des Kanzlers billigend in Kauf genommen!« Der Angeklagte nickt. Der Verteidiger: »Mein Mandant hat die Sensibilität des Kanzlers überschätzt. Er ist von der falsche Annahme ausgegangen, der Kanzler werde wie ein normaler Mensch reagieren und unter der Last der Lächerlichkeit sein Amt aufgeben. Das war ein Irrtum. Aber es ist kein Verbrechen.« Der Richter zum Angeklagten: »Tut Ihnen denn der Tod des Kanzlers leid?« Der Angeklagte: »Also, das nun nicht, ehrlich gesagt. Wir sind doch wohl alle ganz froh, daß wir ihn los sind, oder?« Der Richter: »Das Gericht zieht sich zur Beratung zurück.«

In den spärlichen Beifall mischten sich Zischen und vereinzelte Buhrufe. Bob und ich klatschten wie verrückt, aber das steckte nicht an. Ein Schüler trat an die Rampe, stellte sich als Autor und Regisseur vor und sagte, das Stück sei noch nicht zu Ende, er bitte jetzt Personen aus dem Publikum auf die Bühne, die sozusagen wie Geschworene diskutieren sollten, ob der Angeklagte schuldig zu sprechen sei oder nicht. Überraschenderweise meldeten sich einige Zuhörer, bezogen Platz auf der Bühne, berieten sich kurz, und der erste begann mit den Worten: »Dieses Stück zeugt von einer erschreckenden Menschenverachtung.« Das war nicht auszuhalten. Ich verlor die Beherrschung und unterbrach ihn mit einem Zwischenruf: »Sie sollen kein Urteil über das Stück abgeben, sondern ein Urteil über den Angeklagten, Sie Idiot und Spielverderber!« Der Mann gab beleidigt das Mikrophon weiter. Der nächste ließ sich zwar auf die Regel ein und spielte brav den Geschworenen, raunte aber etwas von Verrohung der Gesellschaft und benutzte das Wort »Menschenverachtung« gleich mehrmals. Man könne seinen Abscheu vor dem Kanzler so nicht zum Ausdruck bringen, der Angeklagte zeige sich zudem uneinsichtig, das ganze sei eine Art Verunglimpfung mit Todesfolge. Er plädiere für schuldig. Die anderen Bürger argumentierten ähnlich und ließen meinen Zorn immer mehr anschwellen. Es war unentwegt von »Menschenverachtung« die Rede, daneben fielen die Worte »undemokratische Mittel«, »wachsende Verrohung«, »bedrohlicher Grobianismus«, »Wehret den Anfängen«, »Der Schoß ist fruchtbar noch«, »Die Barbarei im Keim ersticken«.

Ich glaubte schon, das ganze sei womöglich ein abgekartetes Spiel: Ein reaktionärer Schüler hat ein reaktionäres Agitationsstück geschrieben, in dem der böse Antidemokrat im Namen des Volkes eindrucksvoll verurteilt wird. Der Schüler aber stand blaß in der ersten Reihe und hörte fassungslos zu. Er hatte sich den Schluß seines Stücks offenbar anders vorgestellt. Als sie auf der Bühne mit dem Abgeben ihrer widerlichen Ansichten fertig wa-

Mahnmal des hochgehängten Kanzlers. Ein Bote kommt vorbei und sagt, den Kanzler habe bei Ausstrahlung des Fernsehbeitrags über diese Aktion hier der Schlag getroffen. Darauf sagt ein Posten zum anderen: »Sollen wir ihn jetzt abhängen oder auf Halbmast?«
Dritter Akt: Gerichtsszene. Der Richter fragt den angeklagten Henker: »Haben Sie mit Ihrer Aktion den Tod des Kanzlers gewollt?« Der Verteidiger versucht dem Angeklagten mit heftigem Kopfschütteln zu bedeuten, daß er Nein sagen soll. Der sagt: »Also, den Tod nicht direkt. Ich wollte ihn mit dieser Aktion zum Rücktritt zwingen. Ein Kanzler, der in der Öffentlichkeit derart zum Gespött gemacht wird, dachte ich, kann doch eigentlich nur noch zurücktreten.« Der Staatsanwalt: »Sie haben den Tod des Kanzlers billigend in Kauf genommen!« Der Angeklagte nickt. Der Verteidiger: »Mein Mandant hat die Sensibilität des Kanzlers überschätzt. Er ist von der falsche Annahme ausgegangen, der Kanzler werde wie ein normaler Mensch reagieren und unter der Last der Lächerlichkeit sein Amt aufgeben. Das war ein Irrtum. Aber es ist kein Verbrechen.« Der Richter zum Angeklagten: »Tut Ihnen denn der Tod des Kanzlers leid?« Der Angeklagte: »Also, das nun nicht, ehrlich gesagt. Wir sind doch wohl alle ganz froh, daß wir ihn los sind, oder?« Der Richter: »Das Gericht zieht sich zur Beratung zurück.«
In den spärlichen Beifall mischten sich Zischen und vereinzelte Buhrufe. Bob und ich klatschten wie verrückt, aber das steckte nicht an. Ein Schüler trat an die Rampe, stellte sich als Autor und Regisseur vor und sagte, das Stück sei noch nicht zu Ende, er bitte jetzt Personen aus dem Publikum auf die Bühne, die sozusagen wie Geschworene

diskutieren sollten, ob der Angeklagte schuldig zu sprechen sei oder nicht. Überraschenderweise meldeten sich einige Zuhörer, bezogen Platz auf der Bühne, berieten sich kurz, und der erste begann mit den Worten: »Dieses Stück zeugt von einer erschreckenden Menschenverachtung.« Das war nicht auszuhalten. Ich verlor die Beherrschung und unterbrach ihn mit einem Zwischenruf: »Sie sollen kein Urteil über das Stück abgeben, sondern ein Urteil über den Angeklagten, Sie Idiot und Spielverderber!« Der Mann gab beleidigt das Mikrophon weiter. Der nächste ließ sich zwar auf die Regel ein und spielte brav den Geschworenen, raunte aber etwas von Verrohung der Gesellschaft und benutzte das Wort »Menschenverachtung« gleich mehrmals. Man könne seinen Abscheu vor dem Kanzler so nicht zum Ausdruck bringen, der Angeklagte zeige sich zudem uneinsichtig, das ganze sei eine Art Verunglimpfung mit Todesfolge. Er plädiere für schuldig. Die anderen Bürger argumentierten ähnlich und ließen meinen Zorn immer mehr anschwellen. Es war unentwegt von »Menschenverachtung« die Rede, daneben fielen die Worte »undemokratische Mittel«, »wachsende Verrohung«, »bedrohlicher Grobianismus«, »Wehret den Anfängen«, »Der Schoß ist fruchtbar noch«, »Die Barbarei im Keim ersticken«.

Ich glaubte schon, das ganze sei womöglich ein abgekartetes Spiel: Ein reaktionärer Schüler hat ein reaktionäres Agitationsstück geschrieben, in dem der böse Antidemokrat im Namen des Volkes eindrucksvoll verurteilt wird. Der Schüler aber stand blaß in der ersten Reihe und hörte fassungslos zu. Er hatte sich den Schluß seines Stücks offenbar anders vorgestellt. Als sie auf der Bühne mit dem Abgeben ihrer widerlichen Ansichten fertig waren, sagte einer der die Geschworenen spielenden Bürger aus Sugar City zum Publikum: »Die Geschworenen stimmen jetzt ab.«

Nun konnte ich mich nicht mehr halten, sprang auf die Bühne und sagte: »Wir können uns vorstellen, wie der Spruch der Geschworenen ausfallen wird. Sie werden ihn schuldig sprechen. Ich bin ein Gerichtsbeobachter aus dem südlichen Ausland und werde einen Schuldspruch etwa folgendermaßen kommentieren: In diesem Land da oben stellt ein von seinem Unsinn überzeugter Scharlatan seit Jahren artige Anträge, ob er irgendein kolossal symbolträchtiges Regierungsgebäude mit seinen Tüchern mal kurz verhängen darf. Die Politiker halten wie der Künstler selbst das harmlose und hirnlose Projekt für Kunst, zweifeln aber noch, ob man derart provokative Kreationen genehmigen soll. Wird dadurch nicht ein Nationaldenkmal entweiht? Oder könnte andererseits bei Ablehnung des Antrags der Schatten der Kunstfeindlichkeit auf die große Nation fallen? Nur der Bund der Naturschützer ist klar entschlossen: Keine Verhüllung des Gebäudes, schon gar nicht im Frühjahr, weil da die Vögel im Mauerwerk brüten. Nun hat hier soeben ein wirklicher Künstler, ohne brütende Vögel zu stören, mit einem ebenso einfachen wie gewitzten Auf- und Höherhängen einer Kanzlerattrappe eine Wirkung erzielt, wie sie sich die Kunst wunderbarer nicht wünschen kann: Der Kanzler ist vor Schreck verreckt. Man muß wissen, daß die da oben einen Kanzler haben, dessen Abtreten von einem großen Teil der Bevölkerung seit Jahren herbeigesehnt wird. Was das blöde Wahlvolk nicht fertigbrachte, hat dieser Kinderkünstler allein geschafft: Er hat das Land von der feisten Symbolfigur für Selbstgefälligkeit

befreit, ohne einen Tropfen Blut zu vergießen. Anstatt ihn für seine erlösende Leistung zu preisen, wird er in Sugar City, wie sich die alte Hauptstadt dieses lächerlichen Landes nennt, von aufgebrachten Geschworenen schuldig gesprochen. Gute Nacht!«
Es gab keinen Beifall für meine Rede. Ich sprang vom Podium, ging erregt in mein Hotel und hatte Amy völlig vergessen.

20 Der Triumph der Besiegten

Am nächsten Morgen frühstückte ich mit Bob und Old Hen im Hotel. Bill the Kid schlief noch. Bob ging tatsächlich am Vormittag ins Museum. Ich stärkte mich mit einem Telefongespräch mit den Señoras. Marguerita war von ihren Eltern zurückgekommen. Ich bat sie, die Palme hinter dem Haus beim Gießen nicht zu vergessen. Marguerita lachte: »Eine Palme braucht doch kein Wasser, du Schuft!« – »Ein bißchen Wasser braucht sie schon«, sagte ich. Die Palme hatte Inez einmal gepflanzt, und ich war mir nicht sicher, ob Elena, die meistens den Garten goß, sie auch gut behandelte. Inez selbst vergaß das Gießen immer. Marguerita hatte sich ein neues »Was?« angewöhnt. Ein helles, freches, aufmerksames »Was?«, das frisch und überraschend in ihrer dunklen Stimme aufblitzte. Wieder zu Hause in Dar Old Southland würde ich sie fragen, wo das herkam. Dann rief ich noch Sina in Big Berlin Town an, ließ mich von ihr politisch etwas aufwiegeln, verließ das Hotel in Richtung Festwiese und genoß die Hitze des beginnenden Mittags.
Die gleichen vertrauten exotischen Düfte, die gleichen Klänge wie gestern. Ich lungerte herum, kam mir vor wie fünfundzwanzig, und obwohl ich in der letzten halben Stunde das Frühstücksmädchen aus dem Hotel fest im Herzen gehabt hatte, verliebte ich mich sofort in die Trommlerin einer ukrainischen Zigeunerband, ein Götterweib, das allerdings aus Neuseeland kam, wie sich später herausstellte.
Ich lauschte den Gesprächen der Menschen, die sich hier

eingefunden hatten, machte meine Erhebungen und schätzte die Anteile der politischen Einfärbung grob auf ein Viertel grünes, ein Viertel rotes, ein Viertel farbloses und ein Viertel schwarzes Volk. Letzteres war hier auf der großen Oppositionsfete sozusagen der demokratische Gegner und versuchte daher, einen betont siegessicheren Eindruck zu erwecken.

Neben den Musikern bemühten sich mit weniger Erfolg einige Kabarettisten, für Stimmung und Aufmerksamkeit zu sorgen. Aber das Publikum unterhielt sich zu diesem Zeitpunkt noch lieber mit sich selbst. Dem Gespräch von zwei jungen Vätern (mit Rucksack) unter einer Eiche entnahm ich im Vorübergehen wohlvertraute Papageientöne: Man könne gegen den neuen Präsidenten sagen, was man wolle, sagte der eine (der doch hoffentlich nicht schon wieder ein Offiziersanwärter in Zivil war!), aber seine Rede beim östlichen Nachbarn sei wirklich ganz große Klasse gewesen. Mein Gott, dachte ich, das einzige, was der Mann getan hat, war, um Entschuldigung für die Untaten seines geliebten Volkes zu bitten, also das Allerselbstverständlichste, das Mindestmaß an Höflichkeit. Was jedes Schulkind mit 14 Jahren nüchtern und ohne patriotische Aufwallungen in seinen Aufsatz schreibt, hat nun auch mal der Präsident gesagt – und die verrückte Welt steht Kopf vor Hochachtung. Ich habe mich schon oft entschuldigen müssen, ohne jemals solchen Beifall bekommen zu haben.

Am Stand des Organisationskomitees gab es Bewegung. Um nicht wieder von irgendwem zu irgendwas überredet zu werden, schlich ich mich unerkannt heran. Ein Obergeneral war soeben gestorben, und man diskutierte, ob man die Nachricht ansagen solle, wenn ja, dann eventuell mit

Gedenkminute? Die schreckten vor keiner Schnapsidee zurück. Hunderte von Ausländern konnten von den rechten Säuen angezündet werden, das war allen natürlich furchtbar peinlich, aber ihrer Pein gedachte man nie wirklich. Kaum schied so ein General dahin, kriegten die Kalbsbürger einen Hochachtungsschub. Dieser Mann war früher oft meine Zielscheibe gewesen. Als Todfeind allen Militärs hatte ich ihm häufig eins reinwürgen müssen. Das mit dem Militär würde sich weder heute noch morgen klären lassen. Dieser schöne Sommer war nicht dazu da, über die Waffenwichser, wie ich sie nenne, nachzudenken. Das würde ich im Herbst tun, oder besser noch im Winter. Im Winter würde ich meine Feindbilder neu mischen.

Dem Kanzler, der nicht freiwillig aus seiner Mastkoje weichen wollte, wünschte man den Tod oder wenigstens die Auszehrung vergeblich an den speckigen Hals, und diesen General hatte es nun wirklich erwischt. Verkehrte Welt. Das Komitee war aber genug bei Sinnen, um die Nachricht, die nicht hierher gehörte, unter den Tisch fallen zu lassen. Sonst wäre ich abgereist. Es wäre mir zuviel gewesen, dies Getue, um ein paar Stimmen von wankelmütigen Wechselwählern zu ergattern, die dumm genug sind, die Opposition wegen einer solchen Geste für tolerant und wählbar zu halten.

Was ich bei meinen Erkundungen auf der Festwiese trotz eifriger Lauschangriffe nicht herausbekam, war das Verhältnis der klassischen rotgrünen Wildwest-Normalopposition zu den Feuerroten aus dem Osten, die hier in Sugar City nur vereinzelt auftraten. Ich hatte den Eindruck, daß die hiesigen Wildwest-Rotgrünen Angst hatten, sich mit den Feuerroten blicken zu lassen. Sie gingen ihnen aus dem

Weg, in den sich diese aber auch nicht stellten. Warum waren die Feuerroten so seltsam undreist? Untypisch für Parteisäcke. Rechneten sie sich bessere Chancen aus, wenn sie sich im Hintergrund hielten, um die absurde Irrenangst jener Wahlmasse nicht zu wecken, die sich von den Warnungen der schwarzen Ärsche beeindrucken ließ und treudoof glaubte, die Feuerroten würden ihnen das Ersparte wegnehmen?

Hatten die Roten eine wirkliche Aversion gegen die Feuerroten, oder war die Abstandhalterei Taktik? Das hätte ich gern gewußt. Wie denkt so ein Pol? Das Poldenken ist mir fremd. Ich neige zu dem, was Schlaumeier Analogieschlüsse nennen, wenn ich das Unbegreifliche verstehen will. Ich will keine Wähler gewinnen. Aber Frauen. Und die will ich nicht verlieren. So weit, so analog. Kann man doch sagen, ohne gleich wieder belächelt zu werden. Es gibt zwei Möglichkeiten, wenn man gewinnen will: Entweder man ist offen, oder man hält sich bedeckt. Zwei Grundmöglichkeiten, besser gesagt, denn dazwischen liegen unzählige Formen von Halbwahrheiten. Lassen wir die. Ich kann durch Offenheit gewinnen oder verlieren. Vermutlich gewinne ich mehr, wenn ich mich bedeckt halte. Man kriegt nicht alle, die man will, wenn man sagt, was man für einer ist. Aber die man gewinnt, sind etwas wert. (Ja, ich weiß, wo die Parallele zu Ende ist: Die Parteien haben überhaupt erst dann die Möglichkeit zu zeigen, was sie für welche sind, wenn sie gewonnen haben. Sie haben nichts von wertvollen Wählern, wenn es zu wenige sind. Beruhigend, daß den buhlenden Mann bei mancher Ähnlichkeit einiges von einer buhlenden Partei unterscheidet!)

Ob blanke Taktik, pure Feigheit oder reine Dummheit: Die Angst der Roten vor den Feuerroten fiel mir auf die Nerven und amüsierte mich zugleich. So ging ich auf ein paar Feuerrote zu, die meinen Annäherungsversuch erstaunt und fast mißtrauisch hinnahmen. Warum wollte sich ein Mann aus dem Westen mit den Gebrandmarkten einlassen? Sie waren halb selbstbewußt und halb verlegen, die Mischung gefiel mir eigentlich ganz gut, und ihnen gefiel vielleicht, daß ich die Farbe feuerrot zum Mischen und Auffrischen geeignet fand. Sie luden mich zu einem Parteikongreß ein. Ich bereute sofort meinen Zuspruch und wich erschrocken zurück. »Sehen Sie«, sagte einer der Feuerroten lächelnd, »Sie auch!« Ich versuchte ihm zu erklären, daß ich vor jeder Einladung zu einem Parteikongreß zurückschrecken würde, egal, von welcher Partei.

Warum nicht ein paar harmlos bittere Tropfen einer Ideologie, an der nicht alles falsch war, bewahren und als Korrektiv verwenden. Das würzt doch nur. Das verlangt die Traditionspflege. Auch um die Schwarzen hysterisch und damit lächerlich zu machen, sind ein paar Feuerrote geeignet. Warum räumen das die Roten oder Grünen nicht ein? Können sie oder wollen sie das nicht?

Obwohl dies ausdrücklich keine Parteiveranstaltung, sondern ein Antiregierungsfest sein sollte, ließ sich ein unfestlicher Mißbrauch der Podien offenbar nicht verhindern. Mir wurde ganz schlecht, als ich von fern einen Spezialisten für die Behebung der Wohnungsmisere hörte. »Wir brauchen mehr Wohnungen, Wohnungen, Wohnungen!« rief der ekstatisch, »wir müssen bauen, bauen, bauen!« Lebhafter Beifall. »Nur so können die horrenden Mietpreise gesenkt werden!« Mag ja sein. Aber ich hasse Baustellen und Neubauten. Weniger Menschen, Menschen, Menschen, dachte ich, weniger zeugen, zeugen, zeugen, das wäre die Lösung, die mir lieber wäre, aber setz das mal politisch durch. Wer zahlt dann unsere Renten, Renten, Renten, heißt es. Außerdem geht es ohne Kinder auch nicht. Wie dieser Knirps mit seinem genialen Kanzlerverhöhnungsstück gestern zeigte, gibt die Jugend durchaus Anlaß zur Hoffnung.

Auf einem anderen Podium stellte sich eine Initiative vor, die sich Gott weiß warum »Alabama« nannte und in einem Ausbau der »Hallenkultur« den Schlüssel zur Seligkeit sah. Der gute Mensch von Alabama hatte auch einen Slogan parat, den er mehrfach ins Publikum rief: »Menschlich, unbequem, ganzheitlich« solle es auf Erden zugehen. Neugierig war ich dem Podium zu nahe gekommen, und schon sprach mich einer von denen an: »Super, oder?« – »Tut mir leid«, sagte ich, »ich hab' es lieber unmenschlich, bequem und halbseiden.«

Der Höhepunkt an Unverschämtheit war der Auftritt des Außenministers. Er wisse, sagte er, daß er hier als Parteipolitiker nichts zu suchen habe, er stehe hier als Mensch. Jetzt eine Pistole, dachte ich, und weg mit dem linken Ohr. Er wisse die Toleranz der Veranstalter zu schätzen. Ohne Toleranz kein friedliches Miteinander. Weg mit dem anderen Ohr, hier helfen nur drastische Strafen. Er sei gekommen, um ein Mißverständnis zu klären, sagte der Minister, suchte nach einem Zettel und las dann vor: »Wir bleiben sauber – versprochen«.

Die Angst vor der Abwahl hatte sein Hirn vernebelt. Er merkte nicht einmal, daß er den falschen Zettel erwischt und gerade einen Wahlslogan vorgelesen hatte. Da man ihm kaum zuhörte, wurde auch nicht gepfiffen. »Dankeschön«, sagte der Umnachtete ergriffen und wollte vom Podium gehen. Das war zuviel. Geübt von gestern sprang ich auf die Plattform und sagte ins Mikrophon: »Darf ich um etwas lautere Pfiffe bitten!« Ich hielt den Minister am Schlips fest und zog ihn zum Mikrophon. »Hat jemand verstanden, was der Idiot gesagt hat?« Zum Minister sagte ich: »Entschuldige dich, du Affe!« Er sah mich seltsam traurig an. Ich hatte ihn früher schon einmal attackiert, und vielleicht hatte er jetzt gerade ein Déjà-vu-Erlebnis.

Es war ein Fehler von mir, den Mann am Kragen zu pakken. Sein mühsames Atmen durch das Mikrophon klang erbarmungswürdig. »Argumente!« rief mir ein altlinker Ziegenbart aus der Menge mahnend zu, »schimpfen kann ich auch.« Was sollte man noch argumentieren. Daß dieser Mann eine nichtige Pfeife war beziehungsweise eine Maus, die nach der Pfeife anderer tanzte, das war bekannt, das brauchte man nicht vorzubringen. Daß der in der Weltgeschichte hin und her eilte und dabei oft genug mit Gestalten verhandelte, die mit Leidenschaft Kriege gegen Schwächere führten, daß er denen jede Menge Waffen zum Sonderpreis quasi in den Arsch schob oder zu schieben versprach, das wußte jeder. Bei solchen Gesprächen gelang es ihm mit seinem diplomatischen Geschick, die Worte »Menschenrecht« und »Minderheit« so fallenzulassen, daß sein Gesprächspartner keinen Wutanfall wegen der Einmischung bekam und nachher trotzdem mit dem Protokoll in der Hand bewiesen werden konnte, daß »diese schlimmen Dinge« weiß Gott nicht unerwähnt geblieben waren. Auch das konnte man in jeder besseren Zeitung lesen. Ich kann nicht aussprechen, was überall geschrieben steht.

Worte wie »internationaler Waffenhandel« wollen nicht über meine Lippen.
Das Publikum ging mir auf die Nerven. Ich war im Begriff, mit diesem Mann eine ungewöhnliche Lehrveranstaltung zu bestreiten, und dieses Völkchen auf der Wiese wollte gewöhnliche Argumente hören. Sie wollten immer nur hören, was sie schon wußten. Nicht von mir. Ich bin mir zu schade, so einem Umnachtungsminister irgendwelche Lügen nachzuweisen. Ich habe nichts gegen Lügen, sie sind unvermeidlich. Sie sollten nur nicht so langweilig sein. Aber das versteht wieder keiner, daß die originelle Lüge der erste Schritt zur Wahrheit ist. Sag das mal diesem Festwiesenmob. Er steinigt dich.
Ich stieß den furchtsam schnaufenden Minister von mir und mußte nun irgendeinen Abgang finden. Unweit des Podiums standen zwei Ritter der Umwelt auf der Sommersonnenwiese und hielten mit stummem Vorwurf ein Transparent hoch, auf dem geschrieben stand: »Diese Hitze ist nicht normal«. Die Hitze war das einzige, was dieses Spektakel erträglich machte. »Wenn das Transparent nicht sofort verschwindet, gibt es Ärger«, rief ich ins Mikrophon. Glück gehabt. Die beiden Ozonlochmahner zogen mürrisch ab. Das war ich Inez schuldig. Wir liebten die Hitze. Mein Auftritt war nicht gut angekommen, aber er sorgte für Aufmerksamkeit. Sympathien konnte ich nicht ernten. Es fehlte noch, daß ich der Scheiß- und Schrumpfpartei des Außenministers damit einen Dienst erwiesen hatte. Selbst Bill the Kid, der Wert darauf legte, als schärfster aller Politikerhasser zu gelten, fand, so könne man mit Ministern nicht umgehen. Er meinte das Packen am Schlips. Das Zuziehen von Schlingen sei eine faschistische Mordart und

daher auch als Geste abzulehnen. Ich hätte ihn ohrfeigen sollen. »Dreikäsehoch«, sagte ich, klebte Bill eine, und er lachte.

Gegen Abend hatte Bob seinen Auftritt, den ich nicht mitbekam, weil ich mich auf meinen eigenen konzentrieren mußte. Er hatte sich vorgenommen, alles Agitatorische bleibenzulassen, weil hier sowieso Hopfen und Malz verloren sei, und trug eine Reihe absurder Gedichte zur Lage der Nation vor. Danach war Old Hen an der Reihe.

Old Hen war früher der populärste von uns gewesen, und er besaß noch immer einige Anziehungskraft. Er saß schon 20 Minuten vor seinem Auftritt auf dem Podium, putzte seine Lesebrille, las in einem Zettel, den er vor sich liegen hatte, und sorgte für Spannung, der alte Fuchs. Um neun sah er auf die Uhr, nuschelte etwas vom akademischen Viertel und ließ die Spannung steigen. Um Viertel nach neun fing er an, sich zu räuspern, und trank einige Schluck Wasser. Die Spannung war zum Zerreißen. Old Hen rutschte auf seinem Stuhl hin und her, blies zur Probe leicht ins Mikrophon, atmete hörbar ein und begann langsam, stockend und seltsam eindringlich den Text auf dem vor ihm liegenden Zettel zu verlesen: »Statt schimpfen mitdiskutieren! Wenn Sie Politik aktiv mitgestalten wollen« – Hen drehte den Zettel um und las auf der Rückseite weiter –, »dann sind Sie herzlich eingeladen zu einem Politischen Bürgerstammtisch am Donnerstag um 20 Uhr.« Hen nahm seine Brille ab, steckte sie ein und hielt den Zettel hoch, den er verlesen hatte. Es war eine Wahlwerbung der Schrumpfpartei des Außenministers. Intelligentes Gelächter über der Abendwiese. Besser konnte man die großen Trottel nicht überführen, als mit ihrem eigenen Mist. Ein guter Einstieg.

Aber Old Hen stand auf und verschwand. Das war sein Auftritt gewesen. Ich lachte mich halb tot, aber ich war so ziemlich der einzige. Hens Fans hätten gern mehr gehabt, und die Masse des Publikums fühlte sich verhöhnt.
Jetzt war ich an der Reihe. Ganz so kurz wie mein Vorredner werde ich mich nicht fassen können, sagte ich. Der Witz ging ein bißchen auf Hens Kosten, ich konnte aber nicht darauf verzichten. Ich bin kein großer Redner, verliere sofort den Faden, komme aber in der Regel improvisierend ganz gut über die Runden. Ich begann mit dem Hinweis auf die neuen Telefonzellen. Daß die nicht mehr gelb seien, fände ich beelendend, graulila sei eine Farbkomposition zum Erbrechen. Mir mache das Telefonieren in diesen Zellen keinen Spaß mehr. Die Farben drückten mir aufs Gemüt. Hundertsoundsoviel Jahre das erfreuliche alte Postgelb und nun das. Eine Beeinträchtigung des Stadtbildes. »Was ist das Waldsterben gegen das Sterben der alten gelben Telefonzellen«, rief ich in die Menge.
Bis hierher waren mir die Leute mit mäßiger Heiterkeit gefolgt, nun wurden die ersten ungehalten, und schon kam der schneidende Ruf des Oberlehrers aus der Menge: »Zur Sache! Das ist eine politische Veranstaltung!«
»In Ordnung«, sagte ich, »sofort.« Dies sei nicht nur eine politische, sondern im Grunde eine verkappte Wahlveranstaltung, deswegen werde ich auch nicht davor zurückschrecken, eine Wahlempfehlung abzugeben. Ich persönlich würde nämlich die Partei wählen, die mir glaubhaft die Wiedereinführung der alten gelben Telefonzellen verspricht und dazu die sofortige Festnahme aller Personen, die für Design und Vertrieb der neuen graulila Zellen verantwortlich sind. Diese Leute gehörten lebenslang in

die Zellen eingesperrt, mit denen sie uns die Umwelt versauen.

Zwar gab es im Publikum vereinzeltes Gelächter, aber das Murren wurde nun unüberhörbar und die Zwischenrufe immer frecher. »Was ist mit den Arbeitslosen!« – »Können Sie nicht endlich vernünftig sprechen!«

»Ich werde mich hüten«, sagte ich. »Gehen Sie doch auf eine stinknormale Wahlveranstaltung, da können Sie hören, wie die Arbeitslosigkeit bekämpft wird. Wie soll ich das wissen. Dazu gibt es Fachleute. Und die wissen und können es auch nicht.« Leichtes Klatschen, das mir nicht angenehm war. Überhaupt sei das mit dem Interesse für Politik so eine Sache, sagte ich. Man habe schließlich Besseres zu tun, als sich dauernd mit Details der Politik zu beschäftigen. Die Zeiten sind vorbei, in denen man unter dem Auto liegt und alles allein reparieren will. Wer kann und will die Zündung seines Autos noch selbst einstellen. Das sollen Fachkräfte machen. Man wählt eine Werkstatt und hofft, daß die keinen Pfusch liefert. Sonst wählt man eine andere. Man wählt keine Führerfiguren, sondern Mechaniker. Ein Mechaniker muß bescheiden sein. Ein Volk, das den jetzigen aufgeblasenen Werkstattmeister so lange beschäftigt hat, kann nicht bei Trost sein.

Johlender Beifall. Verdammt, das hatte ich vermeiden wollen. Unversehens war ich in einen ganz normalen Wahlredenton hineingeraten. Und schon kam diese ganz normale Oberlehrerstimme mit einem ganz normalen Zwischenruf: »Das ist aber keine attraktive Vorstellung von Politik. Da würde die Wahlbeteiligung ja noch mehr abnehmen. Wie wollen Sie das verhindern?«

Ich mußte da jetzt herauskommen und sagte, Politik solle

gar nicht attraktiv sein. Schweigen. Das hören Leute nicht gern, die sich von einem politischen Spektakel anziehen lassen. Was die Wahlbeteiligung betrifft, sagte ich, fände ich es nicht übel, wenn ein paar Millionen Idioten weniger zur Wahl gingen. Schweigen. Oder man gibt Wahlgeld, sagte ich. Alle Parteien verzichten auf Wahlwerbung, werfen das Geld in eine Kasse, und jeder Bürger, der zur Wahl geht, wird mit einem Hunderter oder zweien belohnt. Soviel ist das Wählen mindestens wert.

Es ging noch eine Weile so weiter. Über eine Stunde redete ich. Es war immer auf der Kippe. Wenn ich unvernünftig war und das Publikum maulte, machte es mir Spaß, wenn ich halbwegs vernünftig war, wurde ich mir suspekt. Natürlich konnte ich den Rechtsradikalismus nicht auslassen und erntete Beifall für drastische Vorschläge zu dessen Beseitigung. Ob ich den Unterschied zwischen Rechts- und Linksaußen klarmachen konnte, weiß ich nicht. »Wer rechte Säue mit linken Nervern verwechselt, der gehört entmündigt«, sagte ich. »Damit wären wir mit einem eleganten Schlag das konservative Geschmeiß los.« Kein Beifall. Auch meine Theorie, die Feuerroten zum Aufmischen zu gebrauchen, stieß auf keine Gegenliebe bei den Spießern von Sugar City, was mir dann auch schon egal war, denn ich durfte nicht vergessen, daß auch die Feuerroten fürchterliche Spießer waren.

Am Schluß pries ich die souveräne Staatsverdrossenheit als höchstes Gut (Pfuirufe!) und verfluchte die Parteien der rechten Säue (Bravo!), weil sie eine ernsthafte Gefahr seien (Bravo!) –, nicht zuletzt eine Gefahr für eben diese Staatsverdrossenheit (Pfui! Buh!). Man könne den rechten Säuen nicht mehr mit gepflegtem Hohn begegnen, sie brächten einen dazu, diese unsere Demokratie zu verteidigen. Sie müßten schleunigst von der Bildfläche verschwinden, denn das Schlimmste an ihnen sei, daß sie uns auf die Dauer zu braven Staatsbürgern machten. Schon deshalb müßten sie weg (Gelächter, Bravo und Buh). »Was wir brauchen«, sagte ich abschließend, »ist ein Wahlsystem, daß es uns ermöglicht, gegen eine Partei zu stimmen, ohne für eine andere stimmen zu müssen. Solange wir das nicht haben, trotten wir wieder los am Sonntag, um wie gehabt das Schlimmste zu verhindern.«

Die Nacht war dann noch lang. Amy tauchte auf und duzte mich, als habe das Wochenende, das sie mit ihrem Freund im Blockhaus verbrachte, mich ihr nähergebracht. So etwas kann vorkommen. Sie sah nicht aus wie Grace Kelly in »High Noon«. Man lobte meine Rede, die mir selbst fremd war. Ich würde das nie wieder tun. Ich hatte mich eingemischt, und jetzt war mir übel. Dann hatte ich auch noch Streit mit Bob, weil ich die Bosse der Roten zwar entsetzlich fand, aber einige nicht ganz so entsetzlich wie er. Amy konnte nicht verhindern, daß ich mich nach den vertrauten Señoras und nach der Hazienda sehnte. Das ganze Treiben hatte mich aufgerieben und erschien mir rückblickend wie ein Spuk. Bob ging es auch so. Old Hen und Bill the Kid hatten sich schon ins Hotel zurückgezogen. So ein Spektakel war nichts für unsereins. Ich hatte die Nase voll von der Politik und der Politikverdrossenheit, vom Wählen und vom Nichtwählen, verschwand grußlos, sattelte meine Tasche und nahm den leeren Nachtzug in den Süden.

21 Einer muß es machen

Am Bahnhof von Sugar City hatte ich mir eine Zeitung gekauft, die bereits einen Bericht über den gestrigen Verlauf des Antiregierungsspektakels enthielt. Viel zu wohlwollend, fand ich, hatte aber rasch eine bessere Meinung, als ich meinen Namen fand. »Dank des beherzten Eingreifens des früher als Joe West bekannten Señor Donde wurde das beachtliche, auf Interaktion angelegte Minidrama des 13jährigen Gymnasiasten David G. zu einem schönen Erfolg. Wir sind gespannt auf den morgigen Beitrag des Señors. Bericht folgt.«

Diese Nachricht hob sofort meine Laune. Fast bereute ich nun meine plötzliche Flucht aus Sugar City. Eigentlich waren wir gerade in einem interessanten Gespräch über den Kanzlerkandidaten der Opposition gewesen, der allen zu farblos war, während ich diesen farblosen Sachbearbeitertypen für durchaus passend halte.

Ein Journalist hatte an meinem Tisch gesessen, mit dem ich vor Jahren schon einmal im Streit, als er eine meiner Straf- und Racheaktionen beobachtete. Es war ein kleiner Dicker mit einem Haarschopf, der jedem Skalpjäger das Wasser im Mund hätte zusammenlaufen lassen. Er hatte mir damals zugerufen, warum ich das überhaupt mache. Wenn ich nur ein paar hundert Zuschauer hätte, sei meine ohnehin schon hirnrissige Aktion noch hirnrissiger. Ich glaube, ich hatte damals irgendeinen dieser Verteidigungsminister in der Mangel und zahlte dem was heim. Nachdem mir der Haarschopf gesagt hatte, was er von mir hielt,

nämlich wenig, bat er mich zu meiner Verwunderung, ob ich ihm eine meiner leeren Patronenhülsen signieren könne. Ich war baff genug, es zu tun, und ärgerte mich mindestens zwei Jahre lang über mein Entgegenkommen.
Der Haarschopf hatte jetzt eine Zeitschrift erfunden, in der alles glatt, bunt und flach gemacht wurde, und die daher sehr erfolgreich war. Sie versetzte die Konkurrenz nicht nur in Angst und Schrecken, sondern verleitete leider auch zum Nachahmen. Der Erfolg wurde als Beweis für Qualität gewertet. Von dem Ausspruch des großen Mr. Wilde, der Erfolg sei immer etwas Vulgäres, hatte der Haarschopf noch nichts gehört.
Er hatte nun meinen Auftritt wieder genau beobachtet. Meine publikumsverächtliche Haltung fand er als Marionette des Publikums natürlich unmöglich, aber meine angeblich überall durchscheinende Ansicht, daß es etwas Wichtigeres gebe als Politik –, das sei auch seine Meinung, deswegen wolle er in seinem Blatt, das von Millionen Lesern verschlungen werde, über mich berichten, und zwar positiv. Die Vorstellung war mir nicht angenehm, denn ein Plädoyer für das politische Desinteresse ist nicht für das Ohr von Millionen flüchtigen und geschmacklosen Meinungsaufsaugern bestimmt. Eine Aussage, die im kleinen Kreis wahr ist, kann im großen falsch sein. »Papperlapapp«, sagte der Haarschopf, er habe meine Bonmots mitgeschrieben und werde sie seinen Lesern nicht vorenthalten. Da hatte ich Amy um Hilfe gebeten: »Klau ihm das Notizbuch, wenn er zum Pinkeln geht!«
Der Zug hielt an kleinen Bahnhöfen, wo Postsäcke zugeladen wurden, Solange Briefe noch in solchen Säcken befördert werden, ist nichts verloren. Ich mußte auf meinen

ausgezogenen Sitzen eingeschlafen sein, denn mit einem Mal turnten drei Menschen über mich hinweg und wuchteten Gepäckstücke hin und her. Dazu erregtes Flüstern. Offenbar handelte es sich um Lateinamerikaner. Gerade wollte ich mein Spanisch zusammensuchen, um den wuselnden Leuten zu sagen, daß ich zwar nichts gegen ihre exotische Gegenwart hätte, aber doch gern wüßte, warum sie ausgerechnet in mein Abteil eingedrungen waren, wo doch der Zug leer genug sei. Aber dann hörte ich den Grund hierfür aus der erregten Unterhaltung der drei. Im Zug mußten irgendwo zwei sogenannte Glatzen sitzen, die sie belästigt hatten und vor denen sie sich in Sicherheit bringen wollten.
Diese rechtsradikalen Glatzköpfe nannten sich Skins, eine Bezeichnung, die etwas indianisch Stolzes suggeriert und die ich ihnen nicht zugestehe. Ich nenne sie rechte Nacktschädelschweine oder nackte Schweinsköpfe oder auch Furunkel.
Den Ausdruck Furunkel hatte ich gestern während meiner Rede gefunden und gleich erklärt. Ein ziemlich passendes Bild. Ein Furunkel ist eine häßliche Eiterbeule. Man muß sie beseitigen. Man kann das Furunkel herausschälen oder austrocknen oder elektrisch veröden. Vorsicht beim Ausdrücken! Das Furunkel muß reif sein. (Damit könnte der Staat bequem sein zögerndes Eingreifen erklären!) Furunkel sind keine lebensgefährliche Krankheit (bei dieser Feststellung wurde gestern verständlicherweise gebuht), sie sind in der Regel nicht tödlich für den Gesamtkörper. Man geniert sich aber fast zu Tode.
Es gibt verschiedene Wege der Furunkeltherapie, der Furunkelvor- und -nachsorge, es gibt konventionelle und

progressive und auch homöopathische Furunkelbekämpfung. Kein Arzt weiß, ob seine Methode die richtige ist, aber jeder muß so tun. Primärtherapie, sprich Wegmachen der Furunkel, ist schon der Mitmenschen wegen dringend erforderlich, daneben sollen nicht nur Antibiotika gegeben, es muß auch schleunigst nach den Ursachen geforscht werden: Liebeskummer oder falsche Ernährung? Oder falsche Ernährung wegen Liebeskummer? Oder geerbte Anlage? Oder etwa diese unnormale Hitze? Manche Furunkel verschwinden von selbst, manche kommen immer wieder, manche bilden gar Kolonien und nennen sich Karbunkel. Je mehr ich darüber nachdenke, desto idealer erscheint es mir, das Furunkel als Krankheitsbild des Rechtsradikalismus zu verstehen. Ich sollte mir die Metapher patentieren lassen. Der einzige Inhalt des Furunkels ist der Eiter. Und denkt man an die randalierend durch die Straßen ziehenden rechten Furunkelschweine, dann könnte das unappetitliche Ende dieses Spuks in einem alten Kinderlied über den »Negeraufstand in Kuba« vorgezeichnet worden sein, ein Reim, der lange dunkel war und erst jetzt seine tiefe Bedeutung erfährt: »In den Straßen quillt der Eiter, der Verkehr geht nicht mehr weiter, an den Ecken stehen Knaben, die sich an dem Eiter laben.«
Unerhört interessant für den Furunkelforscher ist die Frage, ob und inwieweit die Furunkulose in einem ursächlichen Zusammenhang mit der jeweiligen Regierung steht – konkret: Begünstigt der ja irgendwie auch schweinsköpfige Kanzler die Furunkelbildung, oder ist das ein falscher Eindruck? Keine Antwort. Die Furunkelforschung ist noch in den Kinderschuhen. Amy meinte: Ja. Man muß aber vorsichtig sein. Wenn wirklich: Ja, dann muß er wirklich

weg. Ob er will oder nicht. Dann wird er herausgeschält. Gnadenlos. Kann ja sein, daß furunkelbildende Giftstoffe von ihm ausgehen. Noch ratloser als der Forscher ist der Laie. Was soll er tun, wenn er unversehens auf ein Furunkel stößt? Keiner weiß Bescheid.
Die drei Peruaner erzählten mir, sie seien unterwegs zu der kleinen Grenzstadt im Süden, wo auch ich den Zug verlassen werde. Dort ist morgen vormittag großer Markt. Sie verkaufen Schmuck, Hüte, Ponchos, Keramik. Bevor sie in meinem Abteil Zuflucht suchten, hatten sie es sich in einem anderen bequem gemacht. Plötzlich waren die zwei Kahlschädelschweine hereingestürmt und hatten nach Bier verlangt, keins bekommen, weil keins da war, verärgert die Taschen der Peruaner durchwühlt und dabei allerlei kaputtgemacht. Die Peruaner glaubten verstanden zu haben, daß verschiedene Skins anreisen würden, um den Markt zu terrorisieren.
Sie waren sehr aufgeregt, und ich versuchte, ruhig zu bleiben. Wenn ich so etwas höre, möchte ich nur noch meine Waffen in diese Schweinekörper entleeren. Die Peruaner hatten bei mir Schutz gesucht. Ich sehe offenbar so aus, als würde ich mit den Furunkelschweinen fertigwerden. Hier würden sie es nicht wagen einzudringen. Die drei lächelten verlegen. Zwei Brüder und die Frau des älteren, Rosa, wie ich erfuhr. Klein und kompakt alle, glatt gespannt die braune Haut, riesige polierte Mandelaugen, die nicht in Augenhöhlen liegen, sondern auf dem Gesicht.
Ich fand die beiden Nacktschädel ein paar Abteile weiter. Völlig ununterscheidbar mit ihren kahlen Schweinsköpfen und wohl auch unterscheidungsunwillig, saßen sie da und dösten vor sich hin, die Hand an der leeren Bierflasche der

eine. Ich glaube, die wollen sterben. Dieses Übermaß an Häßlichkeit kann freiwillig nur an den Tag legen, wer nicht mehr leben will.
Es gibt verschiedene Methoden, sich zu informieren, die ekelhafteste ist die schnellste. Ich betrat das Abteil und sagte herrisch: »Wie geht's, Jungs, hat Vater Platz bei euch?« Besoffenes, solidarisches Gegrinse. In wenigen Minuten erfuhr ich von ihnen alles. Die Peruaner hatten richtig gehört. Ungefähr zwanzig Glatzen hatten sich verabredet. »Der Tip kam von einem wie dir«, sagten sie und lachten. »Der Süden ist so ruhig, dem muß man es mal zeigen. In dem Ort gibt es nur zwei Bullen. Der Ausländermarkt ist genau das richtige. Sie werden über den Markt ziehen, sagten sie, die Buden umschmeißen, den Scheißkrempel kaputthauen und die Kanaken herumhetzen. »Hast du die Kanakenfotze mit den beiden Zwergen hier im Zug gesehen?«
Ich wußte genug, und jetzt war es genug. Ich hatte erst die Bierflasche nehmen wollen und mir schon vorgestellt, wie sie auf diesen Schädeln in Scherben ging, da sah ich aus der schwarzen Nylontasche des einen den Griff eines Baseballschläger herausragen. Ich zog den Schläger langsam aus der Tasche. »Schönen Schläger hast du!« sagte ich, holte aus und schmetterte ihn auf seinen nackten Schweinskopf. Sie sind wirklich grausam, diese Nahkämpfe, diese dumpfen Geräusche, dieses gräßliche Blut. Der andere kapierte gar nichts in seinem Suff oder in seiner natürlichen Begriffsstutzigkeit. Anstatt seinem Freund zu Hilfe zu kommen, sah er einfach zu, und ich kam ganz durcheinander. Ein bißchen Gegenwehr hätte es mir leichtergemacht. Ich glaube, sie wollen sterben, sie wollen enthauptet werden, sie hassen

ihre eigenen Köpfe, diese unbegreiflichen Gespenster. Ich schlug dem zweiten ins Genick. Dann zog ich einen nach dem anderen durch den Gang. Sie hatten genug für vier, fünf Stunden, stellte ich fest. Eigentlich hatte ich vorgehabt, sie zu knebeln, zu fesseln und ins Personalklo zu sperren, das man mit einem Vierkant von außen verschließen kann. Aber der ganze Aufwand war nicht nötig. Der Zug fuhr jetzt langsamer, und dann blieb er stehen. Ein Signal. Der gute alte Nachtzug. Man kann seine Türen öffnen. Eine sternklare Nacht. Ich kippte erst den einen und dann den anderen schweren Furunkelkörper hinaus, sie kullerten über den Schotter in ein Ginstergebüsch. Dann ging ich in ihr Abteil zurück. Guter alter Zug, dessen Fenster sich öffnen lassen. Ich warf ihr Gepäck hinaus, nachdem ich mit einem Ausländer-raus-T-Shirt die Blutspuren abgewischt hatte. Vor Jahren war einmal nach einem Hurrikan der Inhalt der Versitzgrube in den Keller der Hazienda gelaufen, und ich hatte den ganzen stinkigen Dreck wegschaffen müssen. So ein Gefühl war das jetzt. Und doch ein gutes Gefühl, die los zu sein.

Man kann bekanntlich nicht alles haben. Ein Zug, in dem sich noch Fenster und Türen öffnen lassen, hat natürlich kein Telefon. Beim Einsteigen in Sugar City hatte ich das noch erholsam gefunden. Denn es ist so affig, wie die Leute in den modernen pfeilschnellen Zügen am Telefon Schlange stehen, um zwanghaft den Angehörigen ihre Position durchzugeben. Als wäre es der Sinn des Reisens, daß die zu Hause wissen, wo man ist! Jetzt hätte ich gern ein Telefon gehabt.

Am nächsten Bahnhof hatte der Zug zehn Minuten Aufenthalt. Es war drei Uhr nachts. Ich rief zu Hause an. Es

dauerte kostbare Minuten, bis Elena ans Telefon kam.« Ja, ich bin verrückt, entschuldige.« Ich nannte die Ankunftszeit, »nein, nicht 12 Uhr mittags, mach keine Witze. 9 Uhr 20. Holt mich beide ab. Und noch was, Elena, ihr müßt die Colts mitbringen. Ja, es ist mein Ernst. Geladen. Nehmt die Cobras, die 38er, das sind die beiden kurzen, richtig, die in den Ausschnitt passen. Nein, du brauchst es nicht aufschreiben. Für mich den 44er Terrier von Smith & Wesson, ›Chief Special Stainless‹ steht da, glaube ich, drauf. Und den brünierten Longhorn. Richtig, das sind die beiden mit den langen Läufen. Zwei Schachteln mit Patronen. 38 und 44. Mein Zug fährt«, sagte ich, sprang über die Gleise, legte mich zu den Peruanern und machte kein Auge zu.
Als es hell wurde, zogen sich die Peruaner um und legten ihre heimatliche Landestracht an. Wie lieb und nett wirkt Brauchtum, wenn es fremd ist. Das eigene gefällt nur Patrioten. Ich stellte mir vor, wie die beiden Furunkel irgendwo in der Prärie ächzend aus ihrer Ohnmacht erwachten. Ich hätte ihnen einen Zettel zustecken sollen: Wenn du das nächste Mal »Kanake« sagst, fliegst du bei voller Fahrt aus dem Zug! Rosa steckte sieben Hüte ineinander, setzte den Turm probehalber auf den Kopf und zeigte poliertes Lächeln. Die Hüte wollte sie alle auf dem Markt verkaufen. Ihr Mann und dessen Bruder reparierten ein paar kleine Silberkettchen, die beim nächtlichen Wühlen der Nacktschädelschweine nach Bier kaputtgegangen waren. Was ist das für ein Land hier, dachte ich. Einerseits ist es überraschend unbürokratisch und erlaubt fremden Menschen schon mal, ohne große Lizenzen Handel zu treiben, andererseits wird es mit seinen Furunkeln nicht fertig.
Bevor der Zug um 9 Uhr 30 mit nur zehn Minuten Ver-

spätung in dem Grenzkaff ankam, dessen desolater Bahnhof mich immer an den von Santa Fé erinnert (oder war es Veracruz?), lief ich noch einmal rasch durch alle Wagen. Zwei Schaffner füllten Formulare aus und schlossen ihre schwarzen Taschen. In der Mitte des Zugs gab es noch zwei Abteile mit Indios, und ganz vorn saßen noch vier fette und besoffene Furunkel. Ich kann nicht sagen, daß ich mich auf das freute, was mir bevorstand. Die beiden Furunkelschweine heute nacht hatte ich mit einer gewissen Genugtuung erledigt, aber nun war der Affekt vorbei, und ich mußte mich auf eine unangenehme und ungeübte Arbeit konzentrieren.
Es mußte sein. Einer mußte es machen. Jetzt hatte es mich erwischt. Es ist zweifellos viel weniger unangenehm, auf die Politiker einzudreschen. Das war und ist vielleicht noch immer meine vornehmste Aufgabe. Ich habe sie immer wieder als Politgeschmeiß bezeichnet, aber verglichen mit diesen Eiterbeulen hier war selbst der Umgang mit dem Kanzler und seinem Verteidigungsminister kultiviert.
Jetzt weiß ich, wie Hautärzten zumute ist. Ein verdammter Job. Sie müssen Hand anlegen. Die Leute in der Furunkelforschung machen sich ein paar Gedanken über die Entstehung dieser bedauernswerten Krankheit, aber die Leute vor Ort haben es mit den bösartigen, entzündeten, nicht heilen wollenden Auswüchsen dieser Krankheit zu tun. Ich konnte plötzlich sogar die vielgescholtenen Bullen verstehen, die all den Eiter manchmal nicht mehr sehen können und sich pflichtvergessen abwenden.
Als der Zug Punkt 9 Uhr 30 einfuhr, sah ich schon die rechten Säue mit ihren nackten Schweinsköpfen auf dem staubigen Platz am Bahnhof stehen. Ich sprang als erster aus

der Tür. Es hupte. Das Auto mit den Señoras stand im Schatten. Sie waren alle drei gekommen. »Ich liebe euch«, sagte ich. Wir brauchten nicht lange zu reden. Massive Einsätze, bei denen ich die Hilfe der Señoras gebraucht hatte, waren schon eine Weile her, und einen Einsatz wie den jetzt hatte es noch nie gegeben. Aber Inez, Elena und Marguerita hatten nicht verlernt, mit dem Colt umzugehen. Wir besprachen kurz die Strategie und postierten uns. Es bestand kaum Gefahr für uns. Es war nicht anzunehmen, daß die Furunkel Feuerwaffen bei sich hatten. Wir waren ihnen völlig überlegen. Es stand kein fairer Kampf bevor. Das wäre ja noch schöner, zu denen fair zu sein. Wir würden auf unsere Art mit ihnen das tun, was sie so gerne mit anderen taten: sie demütigen.

Die vier fetten Furunkel torkelten als erstes aus dem Zug und wurden mit großem Gejohle willkommen geheißen. Die Indios wollten offenbar die Ablenkung nutzen und unbemerkt entkommen, aber das gelang ihnen nicht. Als erster entstieg Rosas Mann dem Zug mit seiner riesigen Tasche, dann folgte Rosa mit ihrem siebenfachen Hutstapel auf dem Kopf. Die rechten Säue fingen an zu skandieren: »Halbblut verrecke! Halbblut verrecke! Halbblut verrecke.« – »Los«, flüsterte Marguerita, mein Halbblut, die hinter mir stand, »worauf wartest du noch!« – »Ein bißchen mehr muß noch passieren«, sagte ich, »sonst verpufft das ganze.« Ein Nacktschädel, der in der Nähe stand, hielt uns für Bürger, die wohlgefällig auf den Beginn des lustigen Treibens warteten, unterbrach sein Halbblut-verrecke-Skandieren und grinste uns zu. »Geht gleich los«, sagte er voller Verständnis für unsere Ungeduld.

Es war soweit. Eine Art Anführer schälte sich aus dem Hau-

fen und ging breitbeinig, mit einem Baseballschläger in der Hand, auf die völlig erstarrte Rosa zu. »Jetzt!« sagte Marguerita. »Schieß! Sonst schieße ich!« Ich drückte den Lauf ihres Colt Cobra nach unten. »Viel zu weit für das Ding«, sagte ich, »verpatz mir die Schau nicht!« Der Anführer schlug Rosa mit seiner Holzkeule die Hüte vom Kopf. »Das trägt man in diesem Land nicht«, sagte er, »heb sie auf und schmeiß sie in die Abfalltonne.« Begeistertes Grölen, neues Skandieren. Ich entschied mich für den Longhorn, zwar nur Kaliber 38, aber dafür neun Kugeln in der Trommel und unglaublich präzise. Ich hatte ihn in der Hosentasche. Diese weiten Hosen, die es heutzutage gab, waren ein Segen. »Jetzt ist das Furunkel reif«, sagte ich zu Marguerita, »paß auf.« Ich ließ den 38er sprechen und erwischte genau die Hand des Anführers, der gerade ausgelassen mit der Keule fuchtelte. Mit dieser Hand würde er nicht mehr viel anfangen können. Sein Schmerzgebrüll übertönte das Grölen der anderen Furunkelschweine, das durch den Knall des Schusses schon etwas leiser geworden war. Blöd und besoffen reagierte diese Bande überhaupt nicht und brachte uns damit in Verlegenheit. Normalerweise laufen Gegner auseinander, wenn man sie angreift, verstecken und verteilen sich, und dann kommt es zum Kampf Mann gegen Mann. Dieser Haufen aber verharrte ratlos auf der Stelle.
»Ist das ein Hakenkreuz, was der auf dem Oberarm tätowiert hat?« fragte ich Ines, die herangekommen war, weil unsere Strategie neu besprochen werden mußte. Ines rief dem Typ zu: »Ist das ein Hakenkreuz auf Ihrem Oberarm?« Er unterbrach sein Wehgeschrei und sagte tatsächlich: »Jawohl!« – »Du hast verdammtes Glück, daß du das Ding

nicht auf der Brust trägst«, rief ich laut und schneidend und schoß ihm in den Arm. Ich habe noch nie so gut getroffen. Weg war das Kreuz, an seiner Stelle ein Loch.

Elena mit ihrem Sinn fürs Praktische wandte sich an die wie versteinert am Zug stehenden Indios und fragte sie, ob sie nicht zum Markt gehen wollten, der Spuk sei jetzt vorbei, sie würden nicht mehr belästigt werden.

»Das glaube ich nicht«, sagte ein ganz besonders unförmiger Glatzkopf, der wahrscheinlich die Chance witterte, jetzt zum neuen Rudelführer zu werden. Er ging auf Elena zu. Ich hielt meinen guten Peacemaker für alle Fälle bereit, konnte aber Elena den Triumph überlassen. Als der monströse Kerl nahe genug war, zog sie den Colt Cobra aus dem Ausschnitt und schoß ihn in den Oberschenkel. Als er sich krümmte, schlug sie ihm mit dem Knauf des Colts die Nase platt.

Danach gab es kaum noch Widerstand. Die Glatzköpfe mußten sich auf den Boden legen. »Eure Gesichter in den Staub«, sagte ich. Wer aufmuckte, bekam es mit den Señoras zu tun. Es gab unsanfte Tritte mit spitzen Schuhen. Die wenigen, die sich ernsthaft wehrten, kriegten einen Schuß ab. Diese weißlichen Schweinsköpfe mußten es als besonders demütigend empfinden, von dunklen Frauen überwältigt zu werden. Vielleicht war das eine Lehre für sie. Einige waren zu solchen Gefühlen allerdings nicht mehr in der Lage. Sie waren so besoffen, daß sie mit dem Gesicht im Dreck einschliefen.

Ich ging in den Zug, wo die beiden Schaffner in ihrem Dienstabteil saßen und so taten, als hätten sie nichts bemerkt. »Ich weiß nicht, ob Sie Beamte sind oder schon privatisiert«, sagte ich, »aber ein bißchen was können Sie für das Wohl des Staates so oder so tun. Binden Sie den Leuten, die da draußen friedlich im Staub liegen, die Hände auf dem Rücken zusammen.« »Das geht doch nicht«, sagte einer der Schaffner. »Das geht«, sagte Marguerita und zeigte ihm ihren Colt. Die Indios gingen zum Markt. Es war zu bezweifeln, ob das Geschäft heute gut werden wurde. Wir gingen zum Auto. Zwei Polizisten erschienen und sagten: »Wir müssen Sie festnehmen!« – »Müssen Sie nicht«, sagte Inez, die sich von hinten genähert hatte und drückte den beiden je einen Colt ins Kreuz. Elena und Marguerita nahmen ihnen die Handschellen, die sie für uns bereithielten, ab und ketten sie damit an das Parkverbotsschild.

In sieben Minuten waren wir an der Grenze. Wenn auch die Bürger unserem Treiben tatenlos hinter der Vorhängen ihrer Fenster zugesehen haben mochten, so hatten sie wenigstens nicht die Grenzpolizei alarmiert. Auch schon was wert. Schon fast kooperativ heutzutage. Wir passierten ungehindert.

Zu Hause tranken wir Melonenbowle, bis unsere Herzen wieder ruhiger klopften. Ich rief meinen Anwalt Doc Rosengarden an und erkundigte mich vorsorglich, ob ich wegen des Auslieferungsabkommens Schererein kriegen könnte. »Mach dir keine Sorgen«, sagte er, »wenn es sein muß, gibt dir in diesem Fall sicher Israel Asyl – und einen Orden dazu. Die brauchen Kämpfer wie dich!« Doc Rosengarden und seine verdammten Witze! Ich wollte, daß er mich verteidigte, aber der Prozeß sollte in meiner Abwesenheit geführt werden. Ich halte das Gewäsch der Juristen nervlich nicht mehr aus. Und dann die Nebenkläger: Eltern verletzter Furunkel fordern Schadensersatz, weil der hoffnungsvolle Sproß nach der Schlacht am Bahnhof

Konzentrationsstörungen hat und die Lehre abbrechen mußte.

Ich hatte wieder einmal Glück. Die Sache wurde nicht hochgespielt. Schon deshalb nicht, weil bei der Schlacht am Bahnhof keine Presse dabeigewesen war. Wenn heute keine »erschütternden Bilder« vorliegen, ist eine Sache so gut wie nicht geschehen. Und dann war Selbstjustiz auch kein Wahlkampfthema. Da wollte keiner ran. Verständlicherweise. Ich finde Selbstjustiz auch nicht empfehlenswert. Manchmal muß es sein. Diesmal war es Zeit.

Es liegt bis heute kein Haftbefehl gegen mich vor. Keine Anzeige, nichts. Es ist, als ob sie eingesehen hätten, daß diese Sprache einmal nötig war. Furunkelschweine verstehen keine andere Sprache. Vielleicht wird sogar den drahtziehenden rechten Säuen die Erbärmlichkeit und der fehlende Heldenmut ihrer nacktköpfigen Lieblinge zu denken geben. Sie haben keine Chance, das muß man ihnen zeigen. Übrigens haben uns die beiden Polizisten, die wir an das Parkverbotschild anschlossen, besucht und ihr Verständnis ausgedrückt. Offenbar haben wir nur getan, was sie und alle anderen eigentlich schon immer tun wollten.

Das dicke, weiße Nacktschwein, das Elena angeschossen hatte, ist gestorben. War aber selbst schuld. Er hatte starken Blutverlust und brauchte eine Transfusion. Ein wahrhaft christlicher Indio verzieh dem Erzfeind und bot eine Blutspende an. Da soll das dicke Furunkelschwein gesagt haben: »Dein minderwertiges Blut wird nie in meinen Adern fließen. Lieber verrecke ich.« So ist er verreckt. Einer der beiden, die ich aus dem Zug geworfen hatte, ist auch von der Bühne gegangen. Aber nicht die Kopfverletzung war die Todesursache, sondern Alkoholvergiftung.

Ein paar Bürgermeister aus dem Osten haben mir geschrieben und mich gebeten, auch bei ihnen für Recht und Ordnung zu sorgen. Kommt überhaupt nicht in Frage. Nachher bin ich wieder der arrogante Wildwestler. Das müssen die selber hinkriegen. Außerdem habe ich meinen Beitrag zur Furunkelbekämpfung geleistet, finde ich. Jetzt sind andere dran.

Obwohl in den Zeitungen nicht viel von der Schlacht am Bahnhof zu lesen war, hatte Sina davon Wind bekommen. Sie schickte mir eine dieser Karten, die jetzt Mode sind, mit Standfotos aus alten Filmen: Der siegreiche Gary Cooper wird sehr zaghaft von Grace Kelly umarmt. »Bin stolz auf dich und umschlinge dich heftiger als die da«, schrieb Sina.

Sogar im Süden wird es schon herbstlicher, es ist zum Verzweifeln. Seit ich fünfzig geworden bin – und das ist lange her –, mag ich den Herbst nicht mehr.